NAME: Justus Jonas
FUNKTION: Erster Detektiv
FRAGEZEICHENFARBE: weiß
BESONDERE MERKMALE: das Superhirn der drei ???; Meister der Analyse und Wortakrobatik; erstaunlich schneller Schwimmer; zu Hause auf dem Schrottplatz von Tante Mathilda und Onkel Titus; zupft beim Nachdenken an seiner Unterlippe
IST FAN VON: Tante Mathildas Kirschkuchen und Denksport aller Art

NAME: Peter Shaw
FUNKTION: Zweiter Detektiv
FRAGEZEICHENFARBE: blau
BESONDERE MERKMALE: für körperliche Herausforderungen immer zu haben, dafür kein Ass in der Schule; großer Tierfreund; Spezialist für Schlösser aller Art, die seinem Dietrichset einfach nicht standhalten können; neigt zu Vorsicht und Aberglauben
IST FAN VON: schnellen Autos (insbesondere seinem MG), der südkalifornischen Sonne, so ziemlich jeder Sportart

Die drei
???®

Die drei ???®
und der Hexengarten

erzählt von Kari Erlhoff

Kosmos

Umschlagillustration von Silvia Christoph, Berlin
Umschlaggestaltung von eStudio Calamar, Girona, auf der Grundlage der Gestaltung von Aiga Rasch (9. Juli 1941 – 24. Dezember 2009)

FSC www.fsc.org
MIX
Papier aus verantwortungsvollen Quellen
FSC® C014496

Gedruckt auf chlorfrei gebleichtem Papier

ISBN 978-3-440-14233-2
Redaktion: Anja Herre
Lektorat: Nina Schiefelbein
Produktion, Layout und Satz: DOPPELPUNKT, Stuttgart
Printed in Germany / Imprimé en Allemagne

Die drei ???®

und der Hexengarten

Böse Blumen

»Habt ihr schon mal gegen Pflanzen ermittelt?«

Peter Shaw schloss den Metallschrank mit den Bällen ab, dann drehte er sich zu dem Fragesteller um. Es war Jesse Everett, ein dunkelblonder Junge aus seinem Basketball-Team.

»Ich meine, ihr seid doch Detektive«, setzte Jesse eilig hinzu. »Und ihr übernehmt Fälle, in denen es um merkwürdige Vorkommnisse geht.«

»Schon.« Peter schnappte sich seine Wasserflasche, die er am Spielfeldrand abgestellt hatte, und genehmigte sich einen großen Schluck. Die Mannschaft der Rocky Beach Highschool bereitete sich auf das Spiel zum Saisonstart vor – ein wichtiges Match gegen die überaus starken Laguna Lions. Heute war das Training besonders lang und anstrengend gewesen. Peter sah den anderen Spielern hinterher, die nun eilig in der Umkleide verschwanden. Jesse hingegen zupfte unschlüssig an seinem Trikot herum und starrte auf den grauen Boden der Turnhalle. »Ich hätte da vielleicht einen Fall für euch.«

»Mit kriminellen Pflanzen?« Peter unterdrückte ein Lachen. Prompt stellte er sich ein paar Rosen vor, die eine Bank überfielen, während die Tulpen draußen im Fluchtwagen warteten. »Du machst Witze!«

Allerdings sah Jesse nicht so aus, als wäre er zu Scherzen aufgelegt. Peter gab sich Mühe, nicht doch noch zu lachen. Schließlich wollte er sein Gegenüber nicht verärgern. Der

Zweite Detektiv hatte außerhalb der Schule wenig mit Jesse zu tun, aber er schätzte ihn als fairen und sportlichen Teamkollegen.

»Es klingt verrückt, ich weiß.« Jesse grinste verlegen. »Als mir meine kleinen Geschwister von der Sache erzählten, konnte ich es zunächst auch nicht glauben. Aber mittlerweile fürchte ich, dass sie tatsächlich recht haben.«

Peter wusste, dass Jesse Everett draußen auf dem Land auf einer kleinen Farm wohnte. Sie lag recht einsam, einige Kilometer von Rocky Beach entfernt, in der Nähe des Santa Inez Creek. Die ganze Basketballmannschaft der Rocky Beach High war im vergangenen Jahr zu einem Barbecue dort gewesen. Soweit sich der Zweite Detektiv erinnern konnte, gab es bei der Farm der Everetts Maisfelder, Weiden mit Kühen und Pferden und ein paar Obstbäume. Ob Jesses Geschwister etwas Unheimliches im Maisfeld beobachtet hatten? Vielleicht hatte sich dort ein Tier versteckt? Doch dann fiel Peter ein, dass die Pflanzen jetzt, Ende November, bereits abgeerntet waren. Dort, wo der mannshohe Mais gewachsen war, gab es vermutlich nur noch Stoppeln.

»Also«, fragte Peter nachdenklich. »Was ist denn genau passiert?«

»Es ist eine längere Geschichte«, antwortete Jesse. Er fuhr mit dem rechten Fuß die bunten Linien auf dem Boden nach. »Halte mich bitte nicht für verrückt.«

»Die drei ??? nehmen aus Prinzip jede Anfrage ernst«, versicherte Peter mit den Worten, die sonst sein Freund und Chef Justus Jonas gern benutzte. »So absurd sie auch zunächst scheinen mag. Also erzähl ruhig, was deinen Geschwistern geschehen ist.« Er lächelte Jesse aufmunternd zu und nahm dann einen weiteren tiefen Schluck aus seiner Wasserflasche.

»Nun, die Kurzversion davon ist, dass die drei eine Mutprobe machen wollten. Mitten in der Nacht sind sie zu einem Anwesen in unserer Nähe gelaufen und dort in ein paar alte Gewächshäuser eingestiegen. Das war für die Kleinen auch so schon ganz schön gruselig. Aber die Gewächshäuser waren noch um einiges unheimlicher als erwartet.« Erneut zögerte Jesse. »Die Kinder schwören, dass es dort nicht mit rechten Dingen zuging. Sie behaupten, die Pflanzen würden ein Eigenleben führen.«

»Ein Eigenleben?«

»Ja, da waren angeblich tanzende kleine Lichter in der Dunkelheit und die Pflanzen bewegten sich. Außerdem wollen meine Geschwister körperlose Stimmen zwischen den Blättern gehört haben. Die Kleinen waren außer sich, als sie bei unserer Farm ankamen. Unsere Mutter konnte sie kaum beruhigen. Jetzt wollen sie nur noch bei Licht schlafen und reden ständig von den Geisterpflanzen.«

Bei Spukgeschichten konnte Peter normalerweise nicht anders, als sich demonstrativ zu gruseln. Und wenn es nur darum ging, den Ersten Detektiv, Justus Jonas, zu provozieren. Der war nicht nur ausgesprochen mutig, sondern fand auch immer wieder logische Erklärungen für seltsame Phänomene. Aber zum einen war Justus nicht hier und zum anderen war der Gedanke an spukende Blumen absurd. Der Zweite Detektiv konnte sich eine entsprechende Bemerkung einfach nicht verkneifen. »Vielleicht sind ein paar Pflanzenreste im

Mondschein auf dem Komposthaufen erwacht und dann als Zombies durch die Gegend gewandert.«

Jesse lachte nicht. Im Gegenteil – er sah enttäuscht aus. »So etwas Ähnliches haben meine Eltern auch gesagt.«

»Entschuldige«, sagte Peter schnell. Justus hätte ihn jetzt bestimmt getadelt. Die drei ??? wollten schließlich unvoreingenommen an ihre Fälle herangehen.

»Schon gut.« Jesse winkte ab. »Ich will mich nicht lächerlich machen. Bitte erzähle niemandem aus dem Team, dass ich dich und deine beiden Freunde engagieren wollte, okay?«

Der hochgewachsene Junge drehte sich um und ging mit hängenden Schultern auf die Tür der Umkleidekabine zu.

»Warte!«, rief ihm Peter hinterher. »Du kennst doch bestimmt unser Motto!«

Jesse blieb stehen. »Wir übernehmen jeden Fall?«

»Ja, genau!«, bestätigte Peter. »Wahrscheinlich gibt es eine ganz einfache und harmlose Erklärung für das Licht und die Geräusche. Zum Beispiel Arbeiter, die eine Spätschicht eingelegt haben. Das müsste man recht leicht herausfinden können.«

»Das mit den Lichtern und den Stimmen ist ja noch längst nicht alles!« Jesse machte wieder ein paar Schritte auf Peter zu. »Das ist gewissermaßen nur die Vorgeschichte. Ich habe selbst etwas gesehen, das –«

»Wollt ihr hier Wurzeln schlagen?« Die Stimme von Trainer Tong dröhnte zu ihnen herüber. »Das ist eine Sporthalle, keine Cafeteria. Seht zu, dass ihr euch umzieht und Land gewinnt. Ich will endlich Feierabend machen!«

»Wir gehen ja schon, Sir«, rief Peter. Trainer Tong war ein

ausgesprochen guter Coach, aber er war auch streng mit den Jungen. Wenn man mit ihm klarkommen wollte, tat man besser, was er sagte.

»Also los, raus hier!« Nun grinste Tong. »Ihr könnt euer kleines Kaffeekränzchen draußen abhalten, Mädels!«

»Mädels!«, ereiferte sich Jesse leise. »Ich hör wohl nicht richtig! Nur, weil wir noch etwas zu besprechen haben.«

»So ist er eben.« Peter setzte sich in Bewegung. »Komm. Am besten, du erzählst die ausführliche Version, wenn Justus und Bob dabei sind. Kannst du nachher auf den Schrottplatz an der Sunrise Road kommen? Das Gebrauchtwaren-Center T. Jonas. Da haben wir unser Hauptquartier.«

»Heute geht es leider nicht.« Jesse öffnete die Tür zu den Umkleidekabinen. »Ich habe meinem Vater versprochen, gleich nach dem Training nach Hause zu kommen. Ein Weidezaun muss repariert werden. Da braucht er meine Hilfe.«

»Klingt nach harter Arbeit.«

»Es geht. So ist es halt bei uns auf dem Land. Aber habt ihr nicht Lust, morgen alle drei mit zu uns auf die Farm zu kommen?«, fragte Jesse, während er die Schnürsenkel an seinen Basketballschuhen löste. »Wenn ihr den Fall übernehmen wollt, solltet ihr bei uns übernachten. Tagsüber passiert nämlich nichts Ungewöhnliches.«

»Wir verschaffen uns erst einmal einen Überblick. Dann sehen wir weiter, okay?«

»Prima«, gab Jesse zurück. »Ich gebe dir unsere Adresse und unsere Telefonnummer.«

Als Peter kurz darauf unter der Dusche stand, war er äußerst zufrieden. Die drei ??? hatten offenbar einen neuen Fall. Dieses Mal würde die Ermittlungsarbeit bestimmt einfach nur Spaß machen. Immerhin ging es weder um gefährliche Kriminelle noch um Flüche, Monster oder böse Omen. Mit ein paar Blumen würden er und seine Freunde locker fertigwerden. Das wäre für die drei Detektive quasi ein Sonntagsspaziergang.

Gefahr am toten Baum

»Nächstes Mal nehmen wir das Auto!« Justus Jonas trat kräftig in die Pedale seines Fahrrads. Die drei ??? befanden sich auf dem Weg zur Farm der Everetts. Während Peter locker vorwegradelte, bildete der Erste Detektiv mit einigem Abstand das Schlusslicht. Eine Tatsache, die seiner Laune nicht gerade guttat.
Bob Andrews lachte. »Komm, Just, das Wetter ist ideal für eine Radtour. Überraschend milde 17 Grad und Sonne. Was will man mehr im November?«
»Überraschend?« Justus stöhnte. »Wir leben in Südkalifornien, nicht am Nordpol. Aus meteorologischer Perspektive ist die aktuelle Wetterlage daher lediglich durchschnittlich.«
»Dann nimm es als kleine sportliche Herausforderung«, meinte Peter. Er bremste mehrfach leicht ab, bis er erst auf einer Höhe mit Bob und schließlich mit Justus war. »Freu dich doch schon mal auf die Geisterblumen!«
Der Erste Detektiv freute sich ganz offensichtlich nicht, sondern starrte missmutig auf die Straße vor ihm. Die schlängelte sich scheinbar endlos dahin. Die drei ??? hatten Rocky Beach mittlerweile verlassen. Obwohl Südkalifornien allgemein sehr trocken war, sorgte hier ein Fluss namens Santa Inez Creek für saftige Weiden und fruchtbares Ackerland. Statt Häusern und Gärten lagen neben der Straße nun Orangenplantagen, Maisfelder und Weiden. Hin und wieder fuhren sie an Feldwegen vorbei, die zu einzelnen Farmen führten. Der Erste Detektiv wich einem Schlagloch aus.

»Wir sind uns wohl alle einig, dass Pflanzen kein geheimnisvolles Nachtleben führen.«

»So würde ich das nicht sagen«, warf Bob ein. »Nachdem Peter uns gestern von dem Auftrag erzählt hat, habe ich mich schlaugemacht. Immerhin bin ich für Recherche zuständig.«

»Wir kennen doch noch gar keine Details und –«, setzte Justus an, doch der Zweite Detektiv ließ ihn nicht ausreden.

»Was auch immer da vor sich geht: Die Blumen sind bestimmt unschuldig.«

»Löblich, dass du dieses Mal versuchst, eine rationale Perspektive einzunehmen«, gab Justus zurück.

»Nun lasst mich doch einfach mal berichten, was ich herausgefunden habe!«, sagte Bob mit Nachdruck. »Ihr werdet gleich staunen, was Pflanzen nachts so alles machen.«

»Rumstehen?«

»Es gibt einen Kaktus namens ›Königin der Nacht‹, der nur einmal im Jahr blüht – natürlich nachts«, eröffnete Bob seinen Freunden. »Und dann sind da noch Fledermauspflanzen, die nachtaktive Insekten anlocken.«

»Nicht sehr gruselig«, stellte Peter gut gelaunt fest. »Es sei denn, man ist eine Motte.«

»Stimmt«, gab Bob zu. »Für die sind auch die sogenannten Gespensterpflanzen gefährlich. Diese Blumen locken ebenfalls Insekten an und betäuben sie.«

»Meinetwegen gibt es besondere Pflanzen. Aber das bedeutet doch noch lange nicht, dass sie nachts aus ihren Töpfen kriechen, um die Gegend unsicher zu machen.«

»Wieder falsch«, konterte Bob. »Die Teufelszwirne, die auch

als Hexenseide bekannt ist, greift wie ein kleiner Vampir Tomaten an. Sie ortet ihre Beute über den Geruch und kriecht dann quasi zu ihr hin.«

»Das ist mir auch bekannt«, mischte sich Justus ein. »Es handelt sich um ein sehr interessantes Phänomen der Botanik – zumal Pflanzen an sich keine Geruchsorgane haben.«

Nun wurde Peter ungeduldig. »Schön. Die Pflanzen sind schlau und durchtrieben und manche von ihnen können sogar herumschnüffeln wie Spürhunde. Aber deshalb spuken sie doch noch nicht! Kommt, Kollegen. Wir reden hier über Blumen!«

»Natürlich habe ich mich auch über Legenden und angebliche Spukerscheinungen informiert«, sagte Bob. »Eine Frau in Georgia behauptete, dass ihre Geranien zu ihr sprachen.«

Ein breites Grinsen trat auf Peters Gesicht. »Das ist irre, nicht gruselig!«

»Die Geranien wollten die Frau ständig zu Dingen überreden, die sie nicht wollte. Zum Beispiel dazu, mehr zu rauchen oder sonntags weniger Geld in der Kirche zu spenden. Schließlich musste ein Priester kommen und die Blumen mit Weihwasser gießen.«

»Und was passierte dann?«

»Angeblich sangen die Blumen danach nur noch fromme Lieder.«

Peter prustete los. »Solche Gruselgeschichten kannst du gern öfter erzählen, Bob!«

»Ich würde überprüfte Fakten bevorzugen«, mischte sich Justus ein. »Wer auch nur einen Funken gesunden Menschenverstand hat, kann sich denken, dass hier jemand mit

üblen Absichten ein Täuschungsmanöver inszeniert hat. Vermutlich mit einem Tonbandgerät.«
»Oder die Frau aus Georgia ist einfach nur verrückt gewesen«, überlegte Peter.
»Das wäre auch eine denkbare Erklärung«, räumte Justus ein. »Fest steht jedenfalls, dass Geranien über keine Stimmbänder verfügen und daher auch nicht in der Lage sind, zu sprechen.«
»Schön, dass wir das geklärt haben«, sagte Bob. »Es gab da aber auch deutlich weniger humorvolle Legenden. Zum Beispiel die von der krummen alten Eiche, die an einer Landstraße stand. Obwohl die Straße ganz gerade verlief, bogen immer wieder Autos aus unerklärlichen Gründen ab und rammten den Baum. Der Baum schien die Wagen wie magnetisch anzuziehen. Und er selbst bekam nie einen Kratzer ab. Da sich seine Blätter dauerhaft rot färbten, nannten die Leute in der Gegend ihn den Blutbaum. Man munkelte, dass er einen bösen Kern hätte.«
»Und das soll wirklich passiert sein?« Peter blickte auf eine alte Korkeiche, die ein Stück vor ihnen an einer Wegkreuzung stand. Offenbar war sie abgestorben. An den knorrigen Ästen hing kein einziges Blatt. Sie erinnerte den Zweiten Detektiv an eine bucklige Hexe, die ihre dünnen Finger in den Himmel streckte.
»Die Unfälle mag es gegeben haben«, sagte Justus an Bobs statt. »Aber der Grund dafür muss nicht der Baum gewesen sein.«
Peter bremste erneut ab. »Ich glaube, wir müssen dort vorne irgendwo abbiegen.«

»Bei der toten Eiche?« Bob drosselte ebenfalls sein Tempo. Als sie die Kreuzung erreicht hatten, sahen die drei Detektive, dass es zwei Abzweigungen gab. Sie stiegen von den Rädern und sahen sich um. Laut Landkarte kam man zum Santa Inez Creek, wenn man weiter geradeaus fuhr. Der linke Weg hingegen war eine Zufahrt, die von halb verfallenen Mauern aus Feldsteinen gesäumt war. Ein Wegweiser, der an den kahlen Baum genagelt war, deutete in diese Richtung. »Frostgrove«, stand darauf.

Justus streckte sich. Sein Rücken tat ihm von der Fahrt auf der Schotterpiste weh. »Wenn mich nicht alles täuscht, handelt es sich bei Frostgrove um das Anwesen mit den Gewächshäusern.«

»Das, bei dem die Kinder nachts die Mutprobe gemacht haben?«, wollte Bob wissen.

»Ich glaube schon«, gab Peter zurück.

Justus streckte noch einmal seine Arme, dann blickte er auf seine Uhr. »Schade, dass Jesse bereits auf uns wartet, sonst könnten wir einmal kurz vorbeifahren.«

»Zur Farm der Everetts müssen wir nach rechts.« Peter deutete in die entgegengesetzte Richtung, wo eine breitere Straße abbog.

»Na, dann sollten wir keine Zeit verlieren«, meinte Bob und stieg wieder auf sein Rad.

Die drei ??? wollten gerade losfahren, als hinter ihnen ein Hufschlag erklang, der schnell näher kam – viel zu schnell! Ein großes schwarzes Pferd mit einem ebenso schwarz gekleideten Reiter galoppierte direkt auf sie zu.

»Vorsicht!«, schrie Peter. Das Tier machte keine Anstalten,

zu stoppen. Der Zweite Detektiv musste nicht lange nachdenken. Im Bruchteil von Sekunden würden ein paar hundert Kilo Lebendgewicht ihn und seine Freunde von den Beinen reißen. Ein Zusammenprall, der die drei Jungen das Leben kosten konnte! Er packte Bob am Kragen und warf sich zur Seite. Sein Fahrrad kippte um und blieb auf dem Sandboden liegen. Auch Justus, der etwas weiter abseits stand, ließ sein Rad fallen und machte einen Satz nach rechts. Beinahe wäre er gestolpert. Er ruderte heftig mit den Armen und fing sich gerade noch auf.
»Aus dem Weg!«, brüllte der Reiter ungehalten. Peter blickte für den Bruchteil einer Sekunde in das hohlwangige Gesicht des Mannes, das halb im Schatten seiner breiten Hutkrempe lag. Eine lange Narbe zog sich über die Lippe bis kurz unter das dunkle rechte Auge. Mehr konnte Peter nicht erkennen. Keine zwei Meter vor den Jungen riss der Mann die Zügel herum. Gleichzeitig gab er seinem Tier die Sporen. Es schnaubte und schlug mit den Hinterbeinen aus. Peters Fahrrad verfehlte es dabei nur um Zentimeter. Dann bogen Ross und Reiter auf die Straße ab, die nach Rocky Beach führte. Staub und Sand wirbelten auf.
Bob hustete. »Meine Güte, der hatte es eilig.«
»Unverantwortlich!«, knurrte Peter. »Total unverantwortlich!«
»Er kam von Frostgrove«, bemerkte Justus, während er sich den Staub von der Hose klopfte. »Und er war offensichtlich sehr schlecht gelaunt.«
Peter blickte dem Reiter hinterher. »Ich frage mich, warum Jesse und seine Geschwister Angst vor irgendwelchen Blu-

men haben. Den Mann da fand ich jetzt sehr viel unheimlicher. Habt ihr gesehen, wie der gekleidet war?«
»Und ob, Zweiter«, sagte Bob. »Mit seinem langen dunklen Mantel und den Lederstiefeln sah er fast aus wie ein Landmann aus dem vorletzten Jahrhundert.«
»Ich finde, er sah aus wie der Tod«, meinte Peter. »Fehlte nur noch die Sense.« Er hob sein Fahrrad auf und justierte das Rücklicht, das leicht verbogen war. »Passt ja. Der Tod begegnet uns am toten Baum. Wenn das mal kein böses Omen ist.«
»Peter«, sagte Justus mit amüsiertem Unterton in der Stimme. »Es gibt keine bösen Omen!«
»Das mag sein«, gab Peter zurück. »Aber ehrlich gesagt, möchte ich dem Mann nicht noch einmal begegnen – und seinem Pferd auch nicht!«

Eine ernst gemeinte Warnung

Ohne weitere Zwischenfälle kamen die Jungen bald zu der Farm der Everetts. Sie bestand aus einem gemütlichen Wohnhaus mit einem wild bewachsenen Garten, einer Scheune, einer Koppel und einem Pferdestall. Während es in Südkalifornien viele Landwirte gab, die Weinanbau und Viehzucht im großen Stil betrieben, hatten die Everetts einen beinahe altmodischen kleinen Bauernhof. Haus und Scheune waren in die Jahre gekommen, aber von den Besitzern gut in Schuss gehalten. Ein paar Hühner pickten auf dem Hof, und in einem Gehege stolzierte ein prächtiger Truthahn umher, der das Thanksgiving-Fest überlebt hatte.

»Willkommen auf der Yellow Corn Farm.« Jesse kam den drei ??? mit großen Schritten entgegen. »Und danke, dass ihr den Fall übernehmt.«

»Nun, wir werden natürlich zunächst überprüfen, ob es hier überhaupt einen Fall gibt.« Justus sah zu dem deutlich größeren Jungen auf. »Aber bis diese Frage geklärt ist, sind wir offen für alles, was du zu berichten hast.«

Jesse wirkte für den Bruchteil einer Sekunde beleidigt, hatte sich dann aber schnell im Griff. »Kommt mit in die Scheune. Dann können wir in Ruhe reden – ohne dass meine Mutter oder meine große Schwester uns gleich Arbeit aufbürden.«

Sie überquerten nebeneinander den Hof, wobei sie ein paar Hühnern ausweichen mussten, und betraten das Zwielicht der Scheune.

»Da rauf!« Gegenüber von ein paar leeren Pferdeboxen führte eine Holzleiter ins Obergeschoss.
»Kennst du zufällig einen hageren Mann, der ein schwarzes Pferd reitet?«, fragte Justus, als er hinter Jesse auf die Leiter trat. Die Sprossen knarrten bedenklich unter ihrer Last. Justus hoffte inständig, dass sie halten würden.
»Er war altmodisch gekleidet und hat eine Narbe im Gesicht«, fügte Peter hinzu. »Ziemlich unheimlicher Typ!«
»Das muss Charles Morland gewesen sein«, überlegte Jesse, der bereits oben angekommen war. »Das ist unser Nachbar. Ein etwas seltsamer Engländer. Er hat knapp zwei Kilometer von hier ein kleines Anwesen.«
»*Etwas seltsam* ist gut.« Peter betrat den Heuboden. Er musste riesig sein. Das hintere Ende konnte man in der Dunkelheit nicht erkennen. In einer Ecke waren alte Decken ausgebreitet, die nach Pferd rochen.
Jesse setzte sich. »Das ist mein Geheimquartier.«
Justus nieste. »Schön, wenn auch nicht ganz so geheim wie unsere Zentrale.«
»Die Detektive sind da!«, rief Jesse mitten in die Heuberge hinein. Kurz darauf erwachte die Dunkelheit zum Leben. Mehrere kleine Gestalten kamen auf sie zu.
»Meine Geschwister«, erklärte Jesse und deutete auf zwei kleine Jungen und ein Mädchen. Der Älteste war höchstens zwölf, die Jüngste etwa sieben Jahre alt.
»Das sind April, Jaden und Joshua«, stellte Jesse vor. »Und das sind die berühmten drei ???.«
»So berühmt nun auch wieder nicht«, sagte Bob bescheiden.
»Berühmt oder nicht, ihr seid Detektive.«

»Das ist richtig«, gab Peter zu.
»Und ihr habt schon viele Fälle gelöst.«
»Das auch.«
»Auch solche mit Geistern!«
»Schon.«
»Dann seid ihr bei uns richtig!« Jesses Bruder Jaden setzte sich zu den drei ???. »Unsere Eltern glauben uns nämlich nicht, dass es in den Gewächshäusern spukt.«
»Aber Jesse hat euch geglaubt«, meinte Peter. »Immerhin hat er auch etwas Merkwürdiges gesehen.«
Jesse sah den Zweiten Detektiv warnend an und schüttelte kaum merklich den Kopf. Es war deutlich, dass er vor seinen Geschwistern nicht darüber reden wollte. Die hatten zum Glück gar nicht zugehört.
»Clayton hat in der Schule gesagt, dass ich nicht mutig bin!«, erklärte der kleine Joshua, der etwa neun oder zehn Jahre alt war. »Und da habe ich beschlossen, ihn herauszufordern.«
»Wir sind nachts mit Clayton nach Frostgrove geschlichen«, erklärte Jaden. »Dort gibt es drei alte Gewächshäuser. Sie sind riesig. Und dort wachsen ganz seltene Pflanzen.«
»Nachts ist es dort richtig gruselig.«
»Wir haben ein Irrlicht gesehen!«, platzte Joshua heraus.
»Und dann haben sich die Pflanzen bewegt und geflüstert.«
»Geflüstert?«, hakte Justus skeptisch nach.
»Ja, so hrschshschr hrschschschsch hrschhrsch!«
»Merkwürdig«, fand Peter.
»Es war gruselig!«
»Was hatten die Pflanzen denn für Stimmen?«, wollte Bob wissen.

»Unheimliche«, antwortete April.
»Und was haben sie geflüstert?«
Joshua sah Bob ungeduldig an. »Das haben wir doch schon gesagt!«
»Hrschshschr hrschschschsch hrschhrsch«, machte Justus mit einer perfekten Imitation von Joshuas Stimme und Betonung. Dabei verzog er keine Miene.
»Also, so haben wir das jedenfalls verstanden. Es klang wie eine fremde Sprache.«
»Das war garantiert Hexensprache!«
»Ich glaube eher, dass dieser Clayton euch eins auswischen wollte«, meinte Justus. »Das war bestimmt von ihm geplant.«
Jaden fing an, prustend zu lachen. Auch April grinste über das ganze Gesicht. »Bestimmt nicht!«
»Der hat sich nämlich vor Angst in die Hose gepinkelt. Echt! Wir haben den nassen Fleck gesehen.«
»Und etwas geheult hat er auch!«
»Der wird nie wieder eine Mutprobe mit uns machen.«
»Schön, dann können wir diesen Clayton als Verursacher des Spuks ausschließen«, sagte Justus. »Wusste sonst noch jemand davon, dass ihr zu den Gewächshäusern gehen wolltet?«
»Garantiert nicht!«, widersprach Jaden mit Nachdruck. »Indianerehrenwort. Wir haben das total geheim gehalten. Wir sollen die Hexen nämlich in Ruhe lassen.«
»Was für Hexen?«, fragte Peter. »Von denen war aber bisher nicht die Rede!«
»Wusstet ihr das nicht?« Joshua sah die drei ??? überrascht an. »Das ist hier in der Gegend überall bekannt!«

»Frostgrove ist seit Generationen im Besitz einer alten Hexenfamilie!«, sagte eine weibliche Stimme hinter ihnen. Erschrocken fuhren alle herum und blickten auf einen langen Schatten, der sich aus der Dunkelheit löste.

Peter blinzelte. Seine Augen versuchten, die Person scharf zu stellen, was bei den Lichtverhältnissen in der Scheune nicht einfach war.

»Das ist Autumn«, erklärte Jesse. Er klang dabei etwas genervt. »Meine große Schwester.«

Eine junge Frau trat zu ihnen. Ihre blonden Haare waren zu strengen Zöpfen geflochten, was ihr ganz und gar nicht stand. Mit ihrer hochgeknöpften schlammfarbenen Bluse und der unvorteilhaft geschnittenen grauen Hose wirkte sie wie eine betagte Gouvernante aus einem alten Film. Dabei war sie höchstens Anfang zwanzig.

Autumn Everett musterte die drei ??? mit einem ernsten Blick. »Mutter hat ein Blech Kuchen gebacken und wir wollen Kaffee trinken. Eure Freunde sind auch willkommen. Es ist genug da.«

»Wir sind aber gerade in einer Besprechung!«, rief Jaden. »Es ist wirklich wichtig!«

»Nichts da. Ihr lauft jetzt rüber ins Haus! Und wascht euch die Hände!« Autumn bedachte ihre kleinen Geschwister mit einem Blick, der keine Widerrede duldete. In diesem Augenblick hatte sie etwas Ähnlichkeit mit Justus' Tante Mathilda, die ein strenges Regiment auf dem Schrottplatz führte.

Die Kinder murrten, stiegen dann aber doch, einer nach dem anderen, die Leiter hinab. Nur Jesse und die drei ??? blieben sitzen.

»Wir kommen nach, Autumn«, versprach Jesse.
»Lass die Hexen in Ruhe!«, gab Autumn zurück. Obwohl sie versuchte, ihrer Stimme Nachdruck zu verleihen, klang sie mit einem Mal ängstlich. »Du weißt, wozu die Frost-Schwestern fähig sind!«
»Du glaubst also wirklich, dass Frostgrove im Besitz von Hexen ist?«, fragte Justus ohne Spott in der Stimme.
»Jeder hier draußen wusste, dass die alte Audrey Frost eine Hexe war«, gab Autumn zurück.
»Deinen Worten entnehme ich, dass Mrs Frost nicht mehr lebt?«, hakte Justus nach.
»Nein. Sie ist letztes Jahr gestorben. Jetzt betreiben ihre Nichten Savannah und Tanika die Gärtnerei. Und mit ihnen ist ebenfalls nicht zu scherzen!«
»Bis sie ihr Erbe angetreten haben, betrieben die Schwestern eine Manufaktur für Gewürze und Öle in Rocky Beach«, sagte Jesse. »So einen kleinen, etwas heruntergekommenen Laden in der Nähe des Hafens.«
»Ist mir nie aufgefallen«, gab Peter zu.
»Es lief wohl auch nicht besonders gut. Dennoch sind sie dem Pflanzengepansche treu geblieben und verkaufen weiterhin irgendwelche komischen Kräutercremes und Gesundheitssäfte auf dem Markt.«
»Mutter wartet! Sie hat Kakao gekocht. Der wird kalt. Also kommt jetzt«, forderte Autumn ungeduldig.
»Und sonst wohnt niemand auf Frostgrove?«, fragte Justus eilig.
Die junge Frau schüttelte den Kopf. »Zurzeit nicht. Keine Helfer, kein Verwalter, keine Gäste.«

»Der Verwalter ist in Rente gegangen, als die Schwestern die Gärtnerei übernahmen«, erklärte Jesse. »Jetzt sind die Hexen alleine.«

»Es reicht, Jesse!«, wies Autumn ihren Bruder zurecht. »Du lässt dich mit gefährlichen Mächten ein und bringst noch dazu die Kleinen in Gefahr!«

»Joshua, Jaden und April werden schon nicht wieder zu den Gewächshäusern gehen.«

»Wir sind hier alle nicht mehr sicher!« Autumn sah ihren Bruder Unheil verkündend an.

»Du hast etwas gesehen, nicht wahr?«, fragte Jesse eindringlich. »Autumn, du hast doch auch etwas Merkwürdiges beobachtet!«

Sie wich seinem Blick aus. »Ich kann es nur wiederholen: Lasst die Hexen in Frieden. Denke an Maisie Morland!« Mit diesen Worten stieg sie die wackelige Leiter hinab und verschwand aus dem Blickfeld der Jungen.

»Was ist denn mit dieser Maisie passiert?«, fragte Peter.

Jesse seufzte. »Autumn scheint wirklich zu glauben, dass sie in eine Pflanze verwandelt wurde.« Er lachte kurz. »Es ist absurd. Aber vielleicht hat sie damit sogar recht!«

Eine Pflanze namens Maisie

Beim Kuchenessen in der gemütlichen Wohnküche der Everetts langte nicht nur Justus ordentlich zu. Allerdings wurde am Tisch nicht mehr über die Nachbarn und deren Gewächshäuser gesprochen. Dafür wies Autumn in einer Tour ihre Geschwister zurecht. Die Jungen waren froh, als sie sich endlich loseisen konnten. Jesses Zimmer lag im ersten Stock. Da es dort nur einen Stuhl gab, setzten sie sich alle auf den Boden.

»Entschuldigt meine große Schwester«, sagte Jesse. »Sie ist ziemlich abergläubisch und war schon als Kind von Frostgrove fasziniert. Aber dieses Mal scheint mehr dahinterzustecken. Ich glaube, sie hat etwas gesehen und will es nicht erzählen, damit wir sie nicht für verrückt halten.«

Bob sah für einen Moment irritiert drein. »Na ja, immerhin hat sie gesagt, dass sie glaubt, dass Menschen in Pflanzen verwandelt werden. Ich meine …« Er zögerte, weil er nichts Falsches sagen wollte.

Dafür mischte sich Peter ein. »Was ist denn nun mit dieser Maisie Morland passiert?«

»Morland«, wiederholte Justus den Namen. »Ist sie mit eurem Nachbarn verwandt? Dem rücksichtslosen Reiter?«

»Sie ist … oder war seine Frau«, bestätigte Jesse. »Aber vor ein paar Wochen verschwand sie von einem Tag auf den anderen. Sie war einfach weg, so als hätte sie nie existiert.«

»Deshalb muss sie ja noch keine Pflanze sein!«

Jesse kratzte sich am Kopf. »Maisie Morland war Schriftstellerin. Ihr letzter Roman hieß ›Die Winterschwestern‹. Mrs Morland hat darin ihre eigene Jugend hier in der Gegend verarbeitet. Und die bösen Hexen in dem Buch sind Audrey Frost und ihren Nichten auffällig ähnlich.«

»Das könnte die betroffenen Personen durchaus verärgert haben«, sagte Justus sachlich. »Was jedoch trotzdem noch keine Pflanze aus Mrs Morland macht.«

»Das nicht«, gab Jesse zu. »Aber die Hexen in ihrem Buch können Menschen in Pflanzen verwandeln und selbst die Gestalt von Tieren annehmen. In der Geschichte wimmelt es förmlich von verzauberten Wesen, die als Tiere, Pflanzen oder auch als Dämonen unterwegs sind. Das Buch war erst wenige Wochen auf dem Markt, als Mrs Morland verschwand. Meine Schwester gibt es nicht offen zu, aber ich weiß, dass sie glaubt, dass Mrs Morland die Hexen herausgefordert hat. Dass sie deren dunkle Geheimnisse in ihrem Buch offenbart und sich damit in Gefahr gebracht hat.«

»In Gefahr vielleicht«, überlegte Justus laut. »Aber ich sehe noch immer keinen Zusammenhang zwischen ihrem Verschwinden und einem Pflanzenfluch oder anderen Zaubern.«

»Ich würde ja eher ihren Ehemann verdächtigen«, gab Peter zu. »Der sah so aus, als wäre Mord sein Hobby!«

»Es gibt da allerdings noch etwas, was ich euch erzählen muss«, sagte Jesse. »Am Abend, bevor ich Peter in der Sporthalle angesprochen habe, musste ich ein paar Pferde von unserer Weide am Santa Inez Creek holen. Ich war ziemlich spät dran. Als ich bei der Kreuzung am toten Baum ankam, war es bereits dunkel. Etwas raschelte im Gebüsch bei der Steinmauer. Die Pferde wurden nervös. Ich hatte Mühe, sie zu halten.«

»Meines Wissens ist das für Pferde aber normal«, stellte Justus fest. »Es sind Fluchttiere. Wenn sie im Dunkeln einen Schatten sehen oder ein Rascheln in den Büschen hören, meldet sich ihr Instinkt.«

»Das habe ich auch gedacht«, gab Jesse zurück. »Aber dann sah ich, wie ein geducktes Wesen davonlief. Und soweit ich es erkennen konnte, war es halb Mensch, halb Pflanze – mit Haaren wie Moos und einem Gewand aus Blättern und Zweigen.«

»Wo ist es denn hingelaufen?«

»Es verschwand im nächsten Dickicht. Am Rande der Gärtnerei.«

»Und du glaubst, dass es die verwandelte Mrs Morland war?«

»Ich habe nicht viel erkannt, aber das Ding war eher zierlich und hätte von der Statur her Mrs Morland sein können. Na ja, jedenfalls fast. Wie gesagt, es war eine wilde Mischung aus Mensch und Pflanze.«

»Das klingt nach einem Halloween-Streich«, meinte Justus, »nicht nach der Rache zweier Hexen.«

»Nur dass Halloween schon vorbei ist«, sagte Peter mit hörbarem Unbehagen in der Stimme.

»Wir wohnen hier draußen ziemlich einsam.« Jesse stand auf und ging nervös auf und ab. »Außer den Frosts wohnen im Umkreis von mehreren Kilometern nur noch zwei weitere Familien und Charles Morland. Morland ist zu groß. Die Leute von der Rosevalley Farm sind alle recht korpulent, und die Browns sind im Urlaub. Es war mit Sicherheit keiner von ihnen.«

»Aber wozu der ganze Aufwand?«, gab Peter zu bedenken.

»Es scheint doch eher so, als wollte das Wesen nicht entdeckt werden.«
»Es gibt immer eine logische Erklärung für scheinbar übernatürliche Phänomene.« Justus stand nun ebenfalls auf und trat ans Fenster. Es lag direkt über einem Gemüsegarten. Eine kleine getigerte Katze schlich dort auf Mäusejagd gerade zwischen den letzten Kürbissen herum, die noch auf den Beeten wuchsen. Ein paar Krähen kreisten am Himmel, der sich bald rötlich färben würde. Jetzt, im November, setzte die Dämmerung bereits um fünf Uhr ein.
»Es gibt keinen stichhaltigen Beweis dafür, dass das Wesen etwas mit Mrs Morland zu tun hat«, sagte Justus nachdenklich. »Wir müssen uns vielmehr fragen, wer ein Interesse daran hat, nicht erkannt zu werden und heimlich zu agieren.« Er gab den anderen keine Zeit, darüber nachzudenken, sondern beantwortete die Frage selbst. »Wie wäre es denn zum Beispiel mit einem Einbrecher?«
Jesse lachte matt auf. »Die Frosts leben ganz einfach. Bei denen im Haus gibt es noch nicht einmal ein Radio. Von teuren Fernsehgeräten oder Kunstwerken ganz abgesehen. Und der Schmuck, den die tragen, ist selbst gebastelt.«
»Vielleicht ist es eine Bande, die es auf landwirtschaftliche Geräte abgesehen hat.«
»Damit hatten wir vor Jahren tatsächlich mal zu tun«, gab Jesse zu. »Aber da sind einige Tage zuvor ein paar Leute auf den Hof gekommen, die sich als Landarbeiter auf Jobsuche ausgegeben haben. Als wir später alle in der Stadt waren, haben sie einen Lieferwagen mit Geräten beladen. Die räumen schnell und im großen Stil ab und verschwinden. Kei-

ner von denen hätte sich dafür extra verkleidet. Außerdem habe ich bei der Kreuzung weder ein Auto gehört noch gesehen. Dieses Wesen ist zu Fuß gekommen!«
»Oder mit dem Fahrrad.«
»Könnte es jemand sein, der es auf die Blumen in der Gärtnerei abgesehen hat?«, wollte Bob wissen.
Jesse überlegte kurz. »Es gibt dort schon ein paar seltene und außergewöhnliche Pflanzen. Aber die könnte man auch ganz ohne Verkleidung mitten am Tag klauen. Das Anwesen ist nicht abgesichert. Die Einbrecher müssten nur warten, bis die Hexen auf den Markt fahren, und dann zuschlagen. Dann ist nämlich niemand da. Nicht einmal ein Hund.«
»Hier im Zimmer kommen wir den tatsächlichen Fakten hinter dem Spukphänomen nicht näher«, entschied der Erste Detektiv. »Würdest du mit uns nach Frostgrove gehen, Jesse? Ich würde mir das Anwesen und die Gewächshäuser allzu gern mal aus der Nähe ansehen.« Bevor er vom Fenster wegtrat, sah er noch einmal in den Garten. Die getigerte Katze machte gerade einen Buckel. Dann schoss sie wie ein Blitz zwischen den Kürbissen hindurch in Richtung Haus. Etwas Weißes leuchtete im Gebüsch auf. Der Erste Detektiv wandte sich ab. Was immer das Tier erschreckt hatte, es war sicher kein seltsamer Pflanzenmensch gewesen.

Gewächse der Nacht

Zehn Minuten später radelten die vier Jungen vom Hof der Everetts. Jetzt war es nicht mehr so angenehm warm wie noch vor ein paar Stunden. Dünne Nebelschwaden erhoben sich aus den Weiden. Sie wehten wie zerschlissene weiße Tücher über das feuchte Gras. Das tiefe Blau des Himmels war einer Mischung aus Rottönen gewichen, durchzogen von ein paar dünnen, lilafarbenen Wolken. Die ganze Gegend wurde in ein unwirkliches Licht getaucht.

Als sie an der Wegkreuzung mit dem toten Baum ankamen, verspürte Peter ein flaues Gefühl in der Magengegend. Eine unheimliche Stimmung lag über diesem Platz. Der Zweite Detektiv konnte es nicht genau erklären, aber jetzt, am Abend, wirkte der kahle, knorrige Baum mit einem Mal nicht mehr so harmlos. Sofort musste er an die Geschichte mit dem bösen Baum denken, der die Autofahrer in die Irre geleitet hatte.

»Die Gärtnerei schließt gleich«, riss ihn Jesse aus seinen Gedanken, als sie die Kreuzung überquert hatten. »Die Schwestern müssten aber noch im Laden sein. Stellt sich also nur die Frage, was wir ihnen erzählen.«

»Auf keinen Fall die Wahrheit«, entschied Bob. »Wir können schlecht hingehen und fragen, ob sie ein Pflanzenmonster erschaffen haben.«

»Wir werden die Damen inkognito aufsuchen«, erklärte Justus. »Dazu werden wir uns als zahlende Kundschaft ausgeben und Interesse an den Pflanzen bekunden. Wir geben vor, ein

Geschenk für meine Tante Mathilda kaufen zu wollen – zum Geburtstag.«

»Fein, so machen wir es!«, stimmte Jesse zu.

Sie fuhren noch ein Stück an der alten Feldsteinmauer entlang, bis sie zu einem gusseisernen Tor kamen. Dahinter sahen die Jungen ein paar niedrige Wirtschaftsgebäude und drei riesige Gewächshäuser. Sie ähnelten kaum den modernen Pflanzhäusern, die in der Landwirtschaft eingesetzt wurden, sondern sahen eher aus wie alte Bahnhofsgebäude, bei denen die Mauern durch Glas ersetzt worden waren. Auf den Dächern gab es zahllose Zinnen und kleine Kuppeln und an den Seiten befanden sich Regenrinnen, die in Drachenköpfen aus Metall endeten.

»Eindrucksvoll!«, sagte Bob.

»Sie sind über hundert Jahre alt«, erklärte Jesse. »Meine Geschwister sind für ihre Mutprobe in das hintere Gewächshaus eingedrungen – das Gewächshaus mit den Nachtpflanzen.« Er stellte sein Rad neben einem großen Stapel Kaminholz ab, der an der Seitenwand eines Schuppens aufgeschichtet war. Die drei ??? schlossen sich ihm an und gingen dann zu einem der Wirtschaftsgebäude, das zu einem Laden umfunktioniert worden war. Die Mauer war dicht mit Efeu bewachsen und links und rechts neben der offenen Tür standen Rosenbüsche. Unwillkürlich musste Peter an ein Haus aus einem Märchen denken. Dieser Eindruck blieb auch, als er den Raum betrat. Hier roch es stark nach Kräutern, Blüten und Kaminfeuer. Es gab einen Verkaufstresen, eine altmodische Kasse, einen gusseisernen Ofen und mehrere Öllampen, die ein mattes Licht spendeten. An zwei Wän-

den waren Regale aufgebaut, die mit Gläsern, Tuben und Tiegeln gefüllt waren. Am Boden standen mehrere Kisten mit Flaschen und Tontöpfe mit Blumen.
»Guten Abend!«, wurden sie von einer schlanken Frau begrüßt, die hinter einem Tresen aus Holz stand. Ihre offenen langen Haare waren von einem leuchtenden Rot. Ihre Haut hingegen war blass und merkwürdig durchscheinend und die grünen Augen eine Spur zu groß. Es war beinahe unmöglich, ihr Alter zu schätzen. Je nachdem, aus welchem Winkel man sie betrachtete, wirkte sie mal beinahe jugendlich und dann wieder wie eine ältere Frau. Schließlich grenzte Justus ihr Alter auf ungefähr fünfundzwanzig bis höchstens vierzig Jahre ein. Er gestand sich ein, dass sie etwas Beunruhigendes an sich hatte. Es lag vermutlich an ihrem Blick, der an eine flackernde Kerze erinnerte.
»Wie kann ich euch helfen?«, fragte die Frau nun mit einer weichen, leisen Stimme. Während sie sprach, flocht sie mit ihren schmalen Händen eine Ranke zu einem Zopf. Justus wunderte sich, wie es jemand mit einer Gärtnerei schaffte, so makellose Hände zu haben – ohne Schmutz, Schwielen, Kratzer und Erdreste. Selbst ihre Fingernägel waren blitzsauber.
»Unser Freund Jesse hier hat uns Ihre Gärtnerei empfohlen«, begann Justus. »Wie er uns informiert hat, verkaufen Sie nicht nur pflanzliche Produkte, sondern auch Pflanzen selbst.«
Die Frau nickte stumm.
»Meine Tante hat nächste Woche Geburtstag«, log Justus. »Seltene und ungewöhnliche Pflanzen sind eine Liebhaberei

von ihr. Natürlich bin ich finanziell nicht in der Lage, ein überdimensional kostspieliges Exemplar zu erstehen, aber vielleicht haben Sie eine erschwingliche Züchtung, mit der ich meiner Tante eine Freude machen kann.«
Sie nickte wieder.
»Besonders schön wäre es, wenn Sie Nachtblüher im Angebot hätten. Meine Tante besitzt bereits eine Engelstrompete, Mondwinden und Nachtviolen.« Justus hatte einmal einen Artikel über diese Blumen gelesen und sämtliche Fakten daraus in seinem phänomenalen Gedächtnis abgespeichert.
Ms Frost war jedoch kaum beeindruckt von dem Pflanzenwissen des Ersten Detektivs. Sie blickte auf eine kleine Uhr, die hinter dem Tresen an der Wand hing. »Ich habe einige schöne Nachtblüher drüben im ›Haus der Mitternacht‹«, sagte sie.
»Die Gewächshäuser sind alle nach Themen aufgeteilt, nicht wahr?«, fragte Jesse.
Wieder nickte die Frau.
»Das war schon immer so.« Eine zweite Frau trat in den Raum. Sie war zwar kleiner und auch sichtlich älter als ihre Schwester, hatte jedoch ebenso rote Haare und die gleichen großen, grünen Augen. Ihre Stimme war tief, beinahe männlich. »Wir haben das ›Haus des Wassers‹ mit verschiedenen Wasser- und Sumpfpflanzen, das ›Haus der Gesundheit‹ mit Heilpflanzen und das ›Haus der Mitternacht‹ mit nachtaktiven Pflanzen.«
»Können wir uns das einmal anschauen?«, fragte Bob.
»Das geht nicht«, antwortete die Frau. »Wir bieten keine Besichtigungen an. Dabei könnten Pflanzen beschädigt werden.«

»In anderen Gärtnereien ist es aber schon üblich, dass man sich die Pflanzen selbst aussuchen darf«, wandte Justus ein.
»Bei uns ist einiges anders«, sagte die kleinere Schwester. »Was möchtest du denn überhaupt haben?«
Der Erste Detektiv überlegte kurz. »Eine Mondblume wäre schön.«
»Die haben wir. Ich bin sofort wieder da.« Und schon verschwand die Frau aus dem Raum.
Justus gab sich alle Mühe, nicht zu zerknirscht zu wirken. Er hatte gehofft, einen Blick in die Gewächshäuser werfen zu können.
»Wir haben Vollmond«, stellte die schmale Ms Frost, vollkommen aus dem Zusammenhang gerissen, fest. »Das bedeutet Arbeit.«
»Sie richten sich bei der Pflanzenpflege nach dem Mondkalender?«, wollte Justus wissen.
»Ja«, kam es von der Frau. So leise, dass die Jungen es kaum hören konnten.
Die kleinere Schwester mit der rauen Stimme kam kurz darauf zurück. In der Hand hielt sie einen Topf mit einer Kletterpflanze. Sie hatte zwei schöne weiße Blüten, die halb geöffnet waren.
»Weiß deine Tante, welcher Standort für diese Blumen optimal ist?«
»Aber sicher«, gab Justus zurück, während er die Pflanze bezahlte. Dann verabschiedeten sich die Jungen und gingen im Gänsemarsch hinaus. Mittlerweile war es fast ganz dunkel geworden. Über den Eingängen der Gewächshäuser hing jeweils eine altmodische Laterne mit grünen Gläsern. Die

Glühlampen darin gingen gerade flackernd an. Ein paar Mücken tanzten im spärlichen Lichtkreis. Die Pflanzen im Inneren der Häuser konnte man jedoch nur noch erahnen.
»Jetzt sind wir nicht schlauer als vorher«, sagte Bob bedauernd, als sie wieder auf den Rädern saßen. Dort, wo die Großstadt Los Angeles lag, war der Himmel rötlich-gelb erhellt. Hier draußen jedoch war er beinahe tintenschwarz. Jedenfalls so lange, bis der Vollmond aufgegangen sein würde. Der dritte Detektiv wollte gerade noch etwas hinzufügen, als Peter unerwartet bremste.
»Mist, mein Fahrrad hat einen Platten!«
»Ich habe Flickzeug dabei.« Justus hielt ebenfalls an und griff nach der kleinen Ledertasche, die an seinem Sattel befestigt war. Er öffnete sie und reichte seinem Freund das Reparaturset. »Ich würde allerdings vorschlagen, dass du noch bis zur Wegkreuzung schiebst. Dort ist mehr Platz und du kannst dein Rad in Ruhe reparieren.«
»Meinetwegen«, gab Peter zurück.
Justus blickte entschlossen drein. »Ich werde die Zeit für einen kleinen Ausflug nutzen.«
»Wohin denn?«, fragte Peter. Doch eigentlich war die Frage überflüssig. Der Zweite Detektiv wusste auch so, dass Justus die Gewächshäuser genauer unter die Lupe nehmen wollte.
»Bob hat ganz richtig gesagt, dass unsere bisherigen Ermittlungen noch nicht zufriedenstellend waren. Es ist gut möglich, dass die beiden Schwestern etwas verbergen. Allem Anschein nach gibt es auf Frostgrove tatsächlich ein Geheimnis. Daher ist eine nähere Erkundung der Örtlichkeit vonnöten.«

»Ich habe mein Dietrichset dabei, falls die Türen abgeschlossen sind«, sagte Peter. »Das kannst du haben. Wie gut, dass ich mein Fahrrad reparieren muss. Ich kann nämlich gut darauf verzichten, in eine Blume verwandelt zu werden.«
Justus lachte spöttisch auf. »Du hast Sorgen! Aber ich brauche deine Dietriche nicht. Das wäre nämlich Hausfriedensbruch. Es reicht schon, wenn ich dieses Gelände unbefugt betrete.«
Der Zweite Detektiv zog skeptisch eine Augenbraue hoch. »Seit wann nimmst du bei unseren Ermittlungen auf solche Dinge Rücksicht, Erster?«
»Inspektor Cotta hat ihm erst neulich wieder eingebläut, dass er uns nicht noch einmal aus der Patsche hilft, wenn wir einfach in ein Haus einsteigen«, erklärte Bob. »Das hat selbst unseren Ersten Detektiv überzeugt.«
Justus winkte ab. »Wie dem auch sei, ich will die Gewächshäuser zunächst von außen betrachten. Dabei wäre es gut, wenn du mich begleitest.« Er deutete auf Jesse. »Du bist weitgehend ortskundig.«

Justus und Jesse kletterten an einer besonders niedrigen Stelle über die Mauer, schlichen im Schutz der Dunkelheit zu dem mittleren Gewächshaus und spähten hinein.
»Kannst du etwas erkennen?«, fragte Jesse.
»Ich glaube, es handelt sich um die Heilpflanzen«, gab Justus zurück.
Die Jungen gingen an der Glaswand entlang. Schließlich entdeckten sie ein schwaches bläuliches Licht, das langsam zwischen den Blättern riesiger Pflanzen umhertanzte.

»Ein Irrlicht!«, sagte Jesse erstaunt.
»Wohl eher ein UV-Licht für Pflanzen. Manche Arten benötigen es. Von einem Irrlicht kann da nicht die Rede sein.«
»Aber es bewegt sich! Und dort ist noch eins!« Jesse deutete auf das hintere Gewächshaus, das ›Haus der Mitternacht‹. Auch dort wanderte ein kleiner Lichtpunkt in der Dunkelheit umher.
»Tatsächlich! Na, das sehen wir uns mal genauer an!« Justus hatte sich gerade in Bewegung gesetzt, als rechts von ihnen Zweige knackten. Die Jungen fuhren herum und sahen sich Auge in Auge einem merkwürdigen Wesen gegenüber. Statt Haaren wuchsen ihm Moos und kleine Zweige aus dem Kopf. Das Gesicht war so dunkel, dass man es kaum erkennen konnte, und seine Haltung war geduckt. Es knurrte tief und grollend. Doch bevor die Jungen sich von ihrem ersten Schrecken erholt hatten, machte das Wesen einen riesigen Satz und verschwand zwischen den Büschen.
Während Jesse wie angewurzelt dastand, den Mund offen und die Augen weit aufgerissen, gewann Justus rasch seine Fassung zurück. Ohne lange zu zögern, setzte er dem flüchtenden Pflanzenmenschen nach. Der Erste Detektiv war kein begnadeter Sportler, doch wenn er ein Ziel vor Augen hatte, konnte er erstaunlich aktiv werden. Soeben war der Mond als riesige Kugel aufgegangen. Sein Licht hätte auf freiem Feld vielleicht geholfen, aber im Schatten der vielen Bäume konnte Justus trotzdem kaum etwas sehen. Das Wesen hingegen schien sich auf dem Gelände gut auszukennen. Damit war es klar im Vorteil. Es huschte durch den nächtlichen Garten davon. Justus stolperte, fing sich wieder, streifte

ein Gebüsch, stieß gegen einen Baumstumpf. Er versuchte, sich nach seinem Gehör zu richten. Machte der Flüchtende Geräusche? Irgendwo knackte ein Ast. Justus änderte seine Laufrichtung. Sein Fuß verfing sich in einer Baumwurzel. Er landete auf weichem Boden, ächzte und rappelte sich wieder auf. Ein plötzliches Rascheln erklang zu seiner Linken. Justus fiel in einen vorsichtigen Trab. Doch plötzlich war es um ihn herum vollkommen still. Nur in der Ferne rief irgendwo eine Eule. Der Erste Detektiv drehte sich um sich selbst. Er hatte das unheimliche Gefühl, nicht allein zu sein. So als würde ganz in seiner Nähe jemand sitzen und ihn beobachten. Er blinzelte. Verfolgungsjagden gehörten nicht zu seiner Stärke. Das musste er sich eingestehen. Aber jetzt war er nun einmal allein unterwegs. Er lauschte wieder angestrengt. Nichts. Also entschloss er sich, nach links zu laufen. Er hatte vielleicht drei oder vier Schritte gemacht, als sein Fuß gegen eine steinerne Kante stieß. Justus kam ins Schwanken. Er ruderte hektisch mit den Armen und versuchte, sich zu fangen. Doch schon kippte er vornüber. Der Erste Detektiv riss die Hände nach vorn und erwartete, auf weichem Erdboden im Gras zu landen, doch sein Körper durchbrach eine eiskalte Oberfläche. Schwarze Wellen schwappten über ihm zusammen. Er rang nach Luft und schluckte modriges Wasser. Sein rechtes Bein verfing sich in etwas Glitschigem. War das eine Schlingpflanze? Oder etwas anderes? Es fühlte sich beinahe lebendig an. Da streifte etwas seinen Arm und schwamm mit einem Platsch davon. Dieses Etwas war definitiv lebendig!
»Nur ein Frosch oder ein Molch«, versuchte sich Justus zu beruhigen. Seine Finger griffen in verfilztes Kraut. Das Be-

cken war voll mit Algen und Wasserpflanzen. Selbst ein guter Schwimmer wie Justus kam kaum voran. Außerdem musste er sich nach seinem Sturz erst orientieren. Seine Turnschuhe sogen das Wasser auf und wurden schwer, ebenso seine Hose und sein Sweatshirt. Nach etwa einer Minute hatte er endlich den Beckenrand erreicht und wollte sich aus dem Wasser stemmen. Da bemerkte er voller Entsetzen, dass er nicht allein war. Etwas lauerte ganz in seiner Nähe. Obwohl er es nicht sehen konnte, hörte er sein stoßweises Atmen. War das der Pflanzenmensch, der eben noch vor ihm geflohen war? Justus hielt in der Bewegung inne und krallte sich am Beckenrand fest. Er fror, bemerkte das jedoch kaum. Hatte er leise Schritte auf Gras gehört oder bildete er sich das nur ein? Plötzlich löste sich ein Schemen aus der Dunkelheit. Der Mond trat gerade hinter einer Wolke hervor. In seinem rötlichen Licht sah Justus die krumme Gestalt des Pflanzenmenschen direkt auf sich zukommen. Bevor der Erste Detektiv reagieren konnte, hatte das Wesen den Teich erreicht und streckte seine langen, dornenumrankten Arme aus.

Der weiße Wolf

»Wo bleiben denn Jesse und Justus nur?«, fragte Peter ungeduldig. Er stand noch immer mit Bob an der Kreuzung bei dem toten Baum. Das Loch in seinem Fahrradschlauch hatte er zum Glück ziemlich schnell gefunden und es mit Vulkanisierflicken abgedichtet. Jetzt rieb er seine schmutzigen Handflächen aneinander.

»Sie sind bestimmt gleich wieder da.« Bob kramte in seinem Rucksack nach einem Taschentuch für seinen Freund. Er fand die Packung direkt unter dem Buch, das Jesse ihm geliehen hatte. »Die Winterschwestern« war ein dicker, hochwertig gebundener Schmöker mit eisblauem Schutzumschlag und verschnörkelten Ranken auf dem Cover. Bob hatte das Buch bei Jesse im Haus genau betrachtet und den Klappentext gelesen. Wenn Maisie Morland darin echte Erinnerungen verarbeitet hatte, musste sie diese allerdings mit einer gehörigen Portion Fantasie ergänzt haben. Jedenfalls nahm Bob nicht an, dass sich Menschen wirklich in Tiere verwandeln konnten – so wie es hinten auf dem Buch beschrieben wurde. Peter sah das möglicherweise ganz anders. Bob konnte einfach nicht widerstehen, seinen Freund etwas zu testen. »Ich wüsste ja nur zu gern, welche Tiergestalt die Hexen annehmen können.«

»Haha«, machte Peter trocken. »Du glaubst, dass ich die Geschichten aus diesem Buch wörtlich nehme, nicht wahr?« Weiter kam er nicht. Er hörte Schritte, die rasch näher kamen.

Bob wollte schon nach Justus rufen, doch dann besann er sich. Die Schritte klangen viel zu leicht, wie die eines Kindes oder einer leicht gebauten Frau. Der dritte Detektiv hörte, wie ein paar Meter weiter ein paar Steinchen wegrollten. Dann sah er einen Schatten, der über den Weg zum Santa Inez Creek huschte und auf der anderen Seite im Dickicht verschwand.

»War das eben eine der Frost-Schwestern?«

Statt zu antworten, näherte sich Peter bereits dem Dickicht. Zögerlich spähte er in die Wildnis dahinter. Bob schwang seinen Rucksack über eine Schulter und folgte seinem Freund. Doch viel war nicht zu sehen.

»Wo ist sie hin?« Peter leuchtete mit seiner Taschenlampe auf die Büsche. Eine zierliche Person konnte sich an mehreren Stellen hindurchgezwängt haben. Allerdings nur, wenn sie das Gelände gut kannte und wusste, wie sie die wuchernden Brennnesseln und Dornenranken umgehen konnte.

»Die finden wir nie!« Bob stöhnte leise auf. »Das ist der reinste Dschungel.«

Sie blieben unschlüssig vor den Büschen stehen, als sie erneut ein Rascheln vernahmen. Bob trat einen Schritt zurück. War die Gestalt umgekehrt und kam nun etwas weiter oberhalb von ihnen am Weg raus?

»Da ist etwas!«, raunte Peter. Er hob seine Taschenlampe. In der Finsternis leuchteten zwei Punkte auf – glühend rote Augen. Und sie gehörten zu einem riesigen weißen Wolf.

Eine unförmige Faust traf Justus am Kinn. Dornen stachen durch seine Haut. Der Schlag beförderte ihn mit Schwung zurück ins Becken. Justus keuchte. Ein Fluchtplan musste her! Doch es war, als würde das kalte Wasser alle Gedanken bremsen. Das Wesen gab ein kehliges Geräusch von sich. Einen Moment lang sah es so aus, als würde es erneut angreifen wollen, doch dann drehte es überraschend ab. Der Erste Detektiv paddelte hilflos auf der Stelle. Seine Finger verfingen sich in etwas, das vermutlich Seerosenblätter waren. Er fluchte leise.

»Justus?« Jemand näherte sich mit unsicheren Schritten.

»Jesse!«, antwortete der Erste Detektiv erleichtert.

Schon war der blonde Junge bei ihm und streckte eine Hand aus. »Ich helfe dir.«

Kurz darauf stand Justus wieder auf festem und trockenem Boden. »Eine höchst sonderbare Begegnung«, sagte er so würdevoll, wie es nur möglich war, wenn man die Reste von Seerosen im Haar hatte.

»Was ist passiert?«

»Etwas hat mich angegriffen«, gab Justus zu. »So langsam scheint sich dieser Fall zu verdichten. Jetzt bin ich restlos überzeugt, dass es auf Frostgrove einen Fall für die drei ??? gibt!«

Der weiße Pelz des Tieres war verfilzt. Blätter und kleine Zweige hatten sich darin verfangen. Es war hochgewachsen, aber mager. Besonders bedrohlich wirkten die langen weißen Fangzähne und die leuchtenden Augen, die Peter und Bob fixierten. Der Zweite Detektiv hatte schon Wölfe in freier Wildbahn erlebt. Das Biest vor ihm ähnelte ihnen entfernt. Doch gleichzeitig verhielt es sich ganz anders. Für den

Bruchteil einer Sekunde starrten sich das Tier und die Jungen an, dann machte das weiße Wolfswesen auf den Hinterpfoten kehrt und verschwand wieder in dem Dickicht, aus dem es gekommen war.

»Ein Werwolf!«, brachte Peter hervor. Seine Lippen waren merkwürdig trocken.

»Ach was«, meinte Bob, aber es klang verunsichert.

»Okay, gut. Es gibt keine Werwölfe. Aber wenn es welche geben würde, sähen sie genau so aus!«, sagte Peter nun mit etwas festerer Stimme. »Es könnte natürlich auch eine der Hexen sein, die sich verwandelt hat.«

»Peter, das ist lächerlich.« Bob schien seine Fassung zurückzuerlangen.

»Ich mache ja nur Scherze«, verteidigte sich Peter. Dann fuhr er herum. Aus der Richtung, aus der die Hexe gekommen war, näherten sich platschende Schritte. Peters Nackenhaare stellten sich auf. Die Begegnung mit dem Wolfswesen hatte dem Zweiten Detektiv definitiv gereicht.

»Rückzug, Kollegen!«, ordnete eine vertraute Stimme an. Es war Justus. Klitschnass trat er in den Lichtkegel von Peters Taschenlampe. Mit knappen Worten erklärte er, was er erlebt hatte. Dann drängte er zur Abfahrt. Sie verabschiedeten sich von Jesse, der den Weg zur Yellow Corn Farm einschlug, während die drei ??? die Abzweigung nach Rocky Beach nahmen.

»Ich gebe mir wirklich Mühe, an eine logische Erklärung zu glauben«, verkündete Peter, während sie auf die kleine Küstenstadt zuradelten. »Aber ihr müsst zugeben, dass es in diesem Fall nicht mit rechten Dingen zugeht.«

»In der letzten Stunde ist jedenfalls ganz schön viel passiert!«, stellte Bob fest. »Wir haben einen aggressiven Pflanzenmenschen und ein Wolfswesen getroffen. Und dann gibt es seltsame Lichter in diesen Gewächshäusern, die wir nicht betreten durften.«
»Ihr habt ohne Zweifel einen echten Wolf gesehen?«, hakte Justus nach.
»Es war eher so eine Mischung aus Hundegeist, Wolf und Zombievieh«, fand Peter. »Wie gemacht für eine Hexe.«
»Bitte etwas weniger Übertreibung und dafür mehr Details«, tadelte Justus seinen Freund.
»Ich konnte leider nicht so viel erkennen«, mischte sich Bob ein. Der dritte Detektiv hatte eine Sehschwäche. Trotz Kontaktlinsen konnte er nachts weniger sehen als Justus und Peter. »Es war auf jeden Fall eine Art Hund. Ziemlich verwahrlost und scheu. Vielleicht ist er von einem der Höfe weggelaufen. Wir sollten überprüfen, ob irgendwo ein Hund vermisst wird.«
Mittlerweile hatten sie die Ausläufer von Rocky Beach erreicht. Hier waren die Straßen besser ausgebaut und beleuchtet. Peter entspannte sich etwas. Trotzdem kam ihm Bobs Erklärung zu einfach vor. »Kurz bevor das Tier auftauchte, haben wir einen Menschen gesehen, der direkt vor unseren Augen wie ein Schatten ins Gebüsch gehuscht ist.«
»Vielleicht hat jemand den Hund gesucht?«
Dieses Mal war auch Justus nicht ganz überzeugt. »Wenn ich einen Hund suche, dann rufe ich nach ihm. Und ich würde unterwegs Leute ansprechen und fragen, ob sie ihn gesehen haben. Immerhin hättet ihr suchen helfen können.«

»So sehe ich das auch!«, sagte Peter dankbar. »Da stimmte etwas nicht! Überhaupt stimmt da draußen auf dem Land einiges nicht!«

»Mir ist kalt und ich bin zu hungrig, um voreilig Schlüsse zu ziehen«, gab Justus zu. »Aber morgen sollten wir uns gleich nach der Schule zusammensetzen und die Fakten ordnen.«

Die Winterschwestern

Bob knipste seine Nachttischlampe an. Dann schlüpfte er unter die Bettdecke. Er streckte die Beine aus, rückte sein Kissen zurecht und nahm das eisblaue Buch zur Hand. Heute Abend würde er auf jeden Fall noch etwas darin lesen. Es konnte nicht schaden, wenn er mehr über die Legenden rund um die Hexen wusste – waren sie nun Fantasie oder Realität.

Der dritte Detektiv dachte darüber nach, was passiert war. Vieles sprach tatsächlich dafür, dass es auf dem Gelände der Frosts nicht mit rechten Dingen zuging. Aber mussten die Schwestern deshalb zwangsläufig Hexen sein? Mussten sie überhaupt etwas mit der Sache zu tun haben? Immerhin gab es da auch noch den seltsamen Reiter, Mr Morland, dessen Frau verschwunden war. Vorsichtig nahm Bob den Umschlag ab und legte ihn beiseite. Das Buch war in blaues Leinen eingebunden. Ein paar Seiten waren vom Lesen zerknickt, aber es roch noch neu. Kein Wunder, das Buch war beinahe druckfrisch.

Bob schlug das erste Kapitel auf. Die Geschichte wurde aus der Sicht eines Mädchens namens Molly erzählt, das mit seinen Eltern aufs Land zog. Kurz darauf freundete sich Molly mit der Bauerntochter Rue an. Und sie lernte zwei geheimnisvolle Schwestern kennen, die den Winter bei ihrer nicht minder geheimnisvollen Tante verbrachten. Zunächst fand der dritte Detektiv die Handlung nur mäßig spannend. Molly machte ein paar Ausflüge und durfte bei den Nachbarn im Stall aushelfen. Die Gegend, die beschrieben wurde, ähnelte Südkalifornien nicht im Geringsten. Und Gewächshäuser kamen in den ersten Kapiteln auch nicht vor. Doch gerade als er das Buch gähnend aus der Hand legen wollte, tauchte die seltsame Tante auf, von der bislang nur hin und wieder die Rede gewesen war.

Draußen war es sehr kalt. Der Wind blies über die kahlen Felder und den kleinen Bach, der keinen Namen hatte. Schweigend gingen Rue und ich den krummen Weg entlang, bis wir zu der Kreuzung mit dem toten Baum kamen. Von dort aus konnte man das Haus der Hexe sehen. Die eisernen Spitzen des Zaunes ragten wie Speere in die Luft. Froststerne hatten sich auf den Fenstern gebildet. Ich wagte kaum zu atmen. Man hatte mich immer wieder vor diesem Haus gewarnt. Im Dorf munkelten die Leute, dass sich die Hexe in ein Tier verwandeln konnte. Man habe eine silberne Katze mit smaragdgrünen Augen um die Ställe schleichen sehen. Auch wollte man einen schneeweißen Hirsch mit einem roten Geweih im Wald entdeckt haben.

Doch meine Großmutter hatte ihre eigene Theorie. Sie glaubte daran, dass sich die Hexe in einen Raben verwandeln konnte. Denn in dieser Form konnte sie durch die Augen der Menschen hindurch in deren Gedanken blicken.

Bobs Schulter tat weh. Er suchte sich eine bequemere Position zum Lesen und schmunzelte. Gut, dass Peter das Buch nicht las. Am Ende würde er doch noch glauben, dass der weiße Hund eine verwandelte Hexe war. Oder tat er seinem Freund damit unrecht?

Rue war unbekümmert. Sie begann eifrig unter einem krüppeligen Baum im Matsch zu wühlen, während ich zähneklappernd danebenstand. Es war schrecklich kalt und ein zugiger Wind fegte über die leere Weide. Immer wieder trat ich von einem Bein auf das andere.

»Hier muss es irgendwo sein«, sagte sie nach einer Weile.

»Lass uns heimgehen«, bat ich.

»Sucht ihr etwas?«

Wir fuhren beide herum. Eine Frau stand hinter uns. Sie trug ein hochgeschlossenes graues Kleid, dessen Saum eigentlich vom sumpfigen Boden vollgesogen sein müsste. Tatsächlich war er jedoch komplett sauber und trocken. Ich blickte erschrocken auf ihre krausen Haare, die aussahen, als stünden sie in Flammen. Hinter ihr, mit etwas Abstand, lösten sich zwei schmale Gestalten aus den Schatten. Es waren Mädchen, kaum älter als wir. Sie hatten das gleiche Feuerhaar wie die Hexe.

»Sucht ihr das Sumpfblutauge?«

Wir antworteten nicht.

»Eine schöne Pflanze. Aber ihr wisst sicherlich nicht, was sie bewirkt.«

»Man kann damit zaubern.« Rues Antwort war kaum mehr als ein Flüstern.

Die Augen der Frau leuchteten auf. Es war wie das Aufflackern eines Zündholzes. Dann wurden die Augen wieder kalt wie das Eis auf dem Bach. Die Frau hob ihre schmalen Hände und begann leise vor sich hinzumurmeln. »Wolkenflug mit Zauberlichtern, Pflanzenblätter mit Gesichtern, Nebelschatten aus der Ferne, knistern sollt ihr Funkensterne. Dreht euch fünfmal um die Runen, Mädchen, werdet Winterblumen.«

Kaum hatte sie ihren schrecklichen Singsang beendet, als ich sah, wie Rue sich am Boden krümmte. Ich konnte ihre Gestalt plötzlich nicht mehr richtig wahrnehmen. Es war, als würde ich durch unruhiges Wasser auf den Grund eines Sees blicken. Ich sah tiefes Grün und bewegte Schatten, die Ranken und Blättern ähnelten. Rue schrie verzweifelt. Ich wollte zu ihr eilen, ihr helfen. Doch da bäumte sich meine Freundin auf, machte einen Satz und rannte davon. Ehe ich auch nur begreifen konnte, was geschehen war, verschwand Rue hinter dem Hexenhaus. Sie ließ nichts zurück als eine Spur aus Blättern, die vor meinen Augen zu welken begannen.
Die Hexe blickte mich durchdringend an. »Wieso hast du dich nicht verwandelt?«, fragte sie mit einem bedrohlichen Unterton in der Stimme.
Ich wusste es nicht. Aber ich spürte instinktiv, dass mir die Hexe nichts tun konnte. Noch nicht. Trotzdem drehte ich mich um und rannte ebenfalls davon, so schnell ich konnte. Aus den Augenwinkeln sah ich noch kurz die beiden Schwestern, die am Waldrand standen, unbeweglich. Wie Statuen. Tief in meinem Inneren wusste ich, was mit Rue passiert war. Aber ich wollte es nicht glauben. Ich wehrte mich mit aller Kraft gegen den Gedanken, der immer lauter wurde. Rue ist eine Pflanze geworden. Rue ist eine Pflanze geworden! Rue … ich hielt die Hände vor die Ohren und stürzte durch die Dunkelheit davon.

Bob schlug das Buch zu und gähnte herzhaft. Maisie Morlands Geschichte war spannend, aber sie war eben nur eine Geschichte. Oder hatten die Schwestern es tatsächlich geschafft, einen Menschen in eine Pflanze zu verwandeln? Hatte Justus so einen Pflanzenmenschen gesehen? Und waren die Frauen aus der Gärtnerei wirklich Hexen? Diese Fragen begleiteten den dritten Detektiv durch einen unruhigen Halbschlaf, bis er schließlich doch noch in tiefem Schlaf versank.

Ein Auftrag für Peter

Am nächsten Tag hatten die drei ??? nur wenige Schulstunden, da am Nachmittag eine Fortbildung für alle Lehrer stattfand. So trafen sie sich direkt nach Unterrichtsschluss auf dem Schrottplatz von Justus' Onkel in ihrem Geheimversteck. Die Zentrale, wie sie das Versteck nannten, war ein ausrangierter Campingtrailer, der schon viele Jahre auf dem Buckel hatte. Inmitten ganzer Wagenladungen von Schrott war er vor den Blicken unerwünschter Besucher geschützt und man konnte ihn nur durch Geheimgänge betreten. Im Inneren der Zentrale gab es neben einem Schreibtisch und Stühlen auch ein kleines Labor, eine winzige Küchenecke und ein Archiv.

»Hiermit erkläre ich unsere Sitzung für eröffnet!«, verkündete Justus, sobald alle Platz genommen hatten. Er hatte das unfreiwillige Bad gut überstanden. Nicht zuletzt deshalb, weil Tante Mathilda ihn am Vorabend gleich unter die heiße Dusche geschickt hatte. Danach hatte sie ihm Tee gebracht und sich darüber ausgelassen, wie leicht man sich in nassen Sachen erkälten konnte. Immerhin hatte sie sich sehr über die Mondblume gefreut. Sie stand jetzt in einem gelben Übertopf in der Küche der Familie Jonas.

»Wir haben es hier mit einem vermeintlichen Spukphänomen zu tun«, erklärte Justus das Offensichtliche. »Wie wir bereits in vergangenen Fällen feststellen konnten, sollten als Erklärung für solche Phänomene auch kriminelle Aktivitäten nicht ausgeschlossen werden.«

»Vielleicht wollen die Schwestern jemanden abschrecken«, überlegte Bob.
»Alle Vorkommnisse ereigneten sich auf oder in der Nähe des Geländes der Frosts«, stellte Justus fest. »Allerdings ist nicht geklärt, ob sie die Verursacher des Spuks sind. Sie könnten genauso gut die Opfer sein.«
»Das Opfer ist ja wohl eindeutig Maisie Morland«, wandte Peter ein. »Sie wurde schließlich –« Er hielt mitten im Satz inne. Es war ihm dann doch zu peinlich, »in eine Pflanze verwandelt« zu sagen. Der Zweite Detektiv hatte spät in der Nacht den Entschluss gefasst, endlich weniger abergläubisch zu sein. Zumindest wollte er das versuchen. »Sie ist … schließlich verschwunden.«
Justus nickte langsam. »Wir sollten überprüfen, was es mit den Morlands auf sich hat. Was wollte Charles Morland auf Frostgrove? Was hat Maisie Morland in ihrem Buch geschrieben? Wieso ist sie verschwunden? Hat ihr Verschwinden etwas mit dem Pflanzenmenschen zu tun?«
»Eine ganze Menge Fragen«, stellte Bob fest. »Das mit dem Buch übernehme ich gern. Ich habe bereits angefangen, es zu lesen.« Er berichtete in knappen Worten, was in den ersten Kapiteln passierte.
Peter räusperte sich und zwang sich dann zu einem Lachen. »Das soll wohl gruselig sein!«
»Streckenweise schon«, gestand Bob. »Aber ich bin noch nicht durch. Heute in den Schulpausen habe ich nämlich nicht weitergelesen, sondern im Computerraum eine kleine Recherche vorgenommen – nach vermissten Tieren.«
»Wegen des Caniden?«, fragte Justus.

»Genau!«
»Und, wird ein weißer Hund vermisst?«
»Nein, Fehlanzeige. Und Jesse hat mir bestätigt, dass keiner der Nachbarn ein derartiges Tier besitzt.«
»Dann sollten wir das Tier zunächst mit einem Fragezeichen versehen«, meinte Justus. »Es steht ja bislang in keinem direkten Zusammenhang mit den Frosts oder den Morlands.«
»Ich möchte dem Biest jedenfalls nicht so schnell wieder begegnen«, murmelte Peter.
»Zurück zum Plan«, sagte Justus. »Neben den Morlands sollten wir natürlich Tanika und Savannah Frost im Auge behalten. Haben sie ein Motiv für den Spuk? Ist jemand an ihren Pflanzen oder etwas anderem auf dem Gelände interessiert? Oder hat jemand einen Grund, sich an den Schwestern zu rächen?«
»Das sind doch viel zu viele offene Fragen«, beschwerte sich Peter. »Und Jesse weiß kaum etwas über die Familie Frost. Ihn können wir nicht fragen.«
»Dann müssen wir eben jemanden finden, der uns mehr sagen kann.« Justus deutete auf den Stadtplan von Rocky Beach, der vor ihm auf dem Tisch lag. »Die Schwestern haben einen Laden in der Nähe des Hafens betrieben. Das Geschäft an der Oceano Avenue wurde zwar aufgelöst, aber das ist noch nicht lange her. Einer von uns sollte hingehen und sich in der Nachbarschaft umhören.«
»Klingt ungefährlich«, meinte Peter. Dann ärgerte er sich über sich selbst. Also fügte er hinzu: »Aber bei solchen Befragungen bist du viel besser, Just.«
Justus runzelte leicht die Stirn, fuhr dann aber mit seiner

Planung fort. »Informationen über Frostgrove und die Gewächshäuser könnte es bei der Historischen Gesellschaft von Rocky Beach geben.«

»Das übernehme ich«, schlug Bob vor. »Eine Freundin meiner Mutter ist dort Mitglied.«

»Gut, dann solltest du das gleich heute Nachmittag angehen.« Justus nahm sich eine handgeschriebene Liste vor und hakte den Punkt ab. »Wenn noch Zeit ist, könntest du versuchen, mehr über Maisie Morland herauszufinden.« Er tippte mit seinem Kugelschreiber auf seine Liste. »Heute Abend sollten wir dann alle noch einmal gemeinsam zu Jesse fahren. Der Pflanzenmensch zeigte sich bislang nur in der Dunkelheit und ich möchte versuchen, ihn auf frischer Tat zu ertappen.«

»Schön«, sagte Peter mit aller Zuversicht, die er aufbringen konnte. »Und was mache ich solange?«

»Du fährst hinaus aufs Land und nimmst das Haus der Morlands unter die Lupe.«

Als Peter auf den Hof der Yellow Corn Farm radelte, übte Jesse gerade ein paar Basketballwürfe an einem verrosteten Korb, der an der Scheune angebracht war. Autumn kam mit einer Schubkarre voller Mist aus den Stallungen. Sie sah Peter misstrauisch an. »Ich hoffe, ihr wollt nur für euer großes Spiel üben!«

»Klar.« Jesse winkte ab. »Mach dir keine Sorgen. Wir wollen einfach eine Radtour machen. Für unsere Kondition.«

Autumn fragte nicht weiter nach. »Denk daran, dass du heute für die Hühner zuständig bist!«

»Ja, General.« Jesse verdrehte die Augen. »Und wenn ich es doch wieder vergesse, wirst du mich schon daran erinnern.« Er schnappte sich sein Fahrrad, das an die Scheune gelehnt war. Dann machten sich die Jungen aus dem Staub.

Peter war froh, dass sich Jesse kurz entschlossen bereit erklärt hatte, ihn zu dem Haus von Charles Morland zu begleiten. Der Zweite Detektiv hatte nicht vor, bei dem unheimlichen Reiter einzubrechen. Er wollte sich lieber ganz offen dort umsehen – wenn auch unter einem Vorwand. Und da war es gut, jemanden dabeizuhaben, der Morland kannte. Auf dem Weg zum Haus des Engländers erzählte Peter Jesse, wie er vorgehen wollte.

»Gleich sind wir da«, sagte Jesse schließlich, als sie auf einen schmalen Feldweg bogen, der in Kurven zu einem hübschen Bauernhaus mit einem kleinen Stall und einer Koppel führte. Auf der Koppel grasten das schwarze Pferd und ein Apfelschimmel. »Das ist Morland Cottage.«

»Sieht harmlos aus«, fand Peter. Er blickte sich um. Vor dem Haus parkte ein Geländewagen, der seine besten Jahre hinter sich hatte. »Und Morland ist mitten am Tag daheim?«

»Er arbeitet als freier Journalist für die Zeitung ›Der Landmann‹ und schreibt Artikel über Schafzucht, Apfelernte und so ein Zeug. Das hat er jedenfalls meinem Vater mal erzählt«, teilte Jesse mit. »Kann natürlich sein, dass es gelogen ist. Aber er arbeitet wirklich zu Hause und er hat nur dieses eine Auto. Ich gehe davon aus, dass er da ist.«

»Gut.« Peter stieg von seinem Rad. »Wir klingeln und sagen, dass eine von euren Katzen verschwunden ist.«

»Trixie.«

»Genau. Er weiß ja hoffentlich nicht, dass ihr gar keine Katze namens Trixie habt.«
»Bestimmt nicht«, antwortete Jesse. »Und diese Trixie versteckt sich gern in Ställen und Schuppen. Deshalb müssen wir auf allen Höfen in der Umgebung nach ihr suchen.«
»Richtig«, meinte Peter. Ganz glücklich war er nicht über diesen Vorwand. Er klang zwar glaubhaft, aber Morland würde sie deswegen wohl kaum in sein Haus bitten. Er würde ihnen höchstens erlauben, sich im Stall umzusehen. Und was sollte Peter dort suchen? Nach was sollte er Ausschau halten? Vielleicht nach einem Pflanzenkostüm?
Jesse betätigte den altmodischen Klingelzug neben der Haustür. Dann warteten sie, doch nichts geschah. Jesse klingelte erneut. »Vielleicht ist er gerade im Badezimmer. Wir sollten Mr Morland etwas Zeit geben.«
Es schien jedoch so, als wollte der Engländer nicht zur Tür kommen. Oder er konnte nicht.
Jesse spähte durch ein halb offenes Fenster. »Mr Morland? Hallo?«
»Klingel noch mal!«
Jesse zog ein drittes Mal am Klingelzug. Doch wieder tat sich nichts.
»Sehr seltsam«, fand Peter. Mr Morland mochte das Haus zu Fuß oder mit dem Rad verlassen haben. Aber dabei ließ man doch nicht die Fenster offen – es sei denn, man hatte es sehr eilig. Der Zweite Detektiv sah sich unbehaglich um. Hier stimmte etwas nicht!

Schreck im Garten

Justus steuerte den ehemaligen Laden der Frosts in der Oceano Avenue an. Er war in einem leuchtenden Blau gestrichen und hatte ein großes Schaufenster, in dem verschiedene Musikinstrumente und Noten aus Pappe dekoriert waren. Über der Tür hing ein Schild mit der Aufschrift »Muse & Music«. Hier hatte man noch vor ein paar Monaten Kräuteröle, pflanzliche Salben und Tinkturen kaufen können. Dank seines fotografischen Gedächtnisses konnte Justus jetzt, als er wusste, um welches Geschäft es sich handelte, in seiner Erinnerung das genaue Bild des ehemaligen Ladens hervorrufen – ein eher düsteres Geschäft voller Flaschen und Töpfe, das ihn nie sonderlich interessiert hatte.
Der Erste Detektiv sah sich um. Links neben »Muse & Music« lag »Surf 'n' Dive«, ein Ausstatter für Wassersportler. An einer Kleiderstange schwangen bunte Neoprenanzüge träge in der Meeresbrise hin und her. Justus machte sich nicht sonderlich viel aus Surfen. Er würde zunächst in den Laden auf der anderen Straßenseite gehen.
Der Erste Detektiv hatte gerade einen Fuß auf die Fahrbahn gesetzt, als ein schwarzer Sportwagen auf ihn zuschoss. Er machte einen unbeholfenen Satz zurück, landete hart auf seinem Hinterteil und zog im letzten Augenblick die Beine an den Körper. Der Sportwagen wich aus, rammte dabei fast ein anderes Auto und verschwand dann um eine Ecke. Justus atmete schwer. Das war bereits sein zweites Ausweichmanöver diese Woche. Nur dass ihn beim ersten Mal ein

schwarzes Pferd beinahe gerammt hatte, kein schwarzer Sportwagen.

»Was war das denn?« Ein blonder junger Mann kam eilig auf Justus zu. »Geht es dir gut?«

»Ich bin mit dem Schrecken davongekommen.« Justus stand auf und klopfte sich den Staub von der Hose.

»Den Fahrer müsste man anzeigen!«, schimpfte der junge Mann. »Zu blöd, dass ich das Nummernschild nicht lesen konnte.«

»Ich auch nicht«, sagte Justus. »Aber es war ein schwarzer Porsche.«

Der junge Mann schüttelte noch einmal demonstrativ den Kopf und verabschiedete sich von Justus. Er ging geradewegs zur Tür von »Muse & Music«, schloss sie auf und verschwand im Laden.

Das Ziel des Ersten Detektivs war ein kleines Atelier, in dem es Kunsthandwerk aus Glas und Stein gab. Justus kannte die Inhaberin. Harriet Bloom war eine Stammkundin auf dem Schrottplatz. Die rundliche Frau mit den kurzen grauen Haaren und der großen roten Hornbrille begrüßte ihn freundlich. Dann bot sie Justus einen Kräutertee an. Mit den dampfenden Tassen setzten sie sich an einen runden Tisch.

»Was führt dich denn nun zu mir?«, wollte sie wissen, als Justus vorsichtig das heiße Getränk probierte.

»Ich bin eigentlich wegen Ihrer ehemaligen Nachbarinnen von gegenüber hier«, gab Justus zu.

»Wegen der Frosts?« Mrs Bloom sah ihn verwundert an.

»Ganz recht. Können Sie mir vielleicht etwas mehr über die beiden Schwestern sagen?«

Mrs Bloom schnipste einen Fussel von ihrer Arbeitshose. Sie sah aus, als würde ihr die Wendung des Gesprächs nicht behagen. »Das klingt so, als wärest du auf Klatsch und Tratsch aus. Damit bist du bei mir an der falschen Adresse.«
»Ich will keine Gerüchte hören«, lenkte Justus ein. Dann griff er beherzt in seine Tasche und holte die Visitenkarte der drei ??? hervor.

Mrs Bloom lachte ihr tiefes, warmes Lachen. »Detektive! Nun, deine Tante Mathilda hat schon mal angedeutet, dass ihr Jungs einen Knobelclub habt.«
»Eher ein richtiges Detektivunternehmen«, verkündete Justus nicht ohne Stolz. »Und gerade ermitteln wir für einen Freund. Es geht um etwas Seltsames, das er gesehen hat. Savannah und Tanika Frost könnten in diesen Fall involviert sein. Wir wissen allerdings noch nicht, in welcher Form.«
»Soso«, sagte die grauhaarige Frau schmunzelnd. »Sie sind also verdächtig.«
»Eventuell«, meinte Justus. »Aber wir stehen erst ganz am Anfang unserer Ermittlungen.«

Nach ihrem ersten Zögern war Mrs Bloom nun doch bereit, Justus zu sagen, was sie wusste. Sie rührte nachdenklich in ihrem Tee, dann sah sie auf. »Die beiden Schwestern waren immer sehr höflich. Wir haben gelegentlich zusammen einen Tee getrunken. Viel geredet haben sie allerdings nie. Sie sind beide eher schweigsam, es sei denn, es geht um Pflanzen.«
Justus machte sich ein paar Notizen.
»Als die alte Mrs Frost starb, hinterließ sie ihr Anwesen ihren einzigen lebenden Verwandten: Tanika, Savannah und Dennis Frost. Die Schwestern haben mir erzählt, dass sie die Gärtnerei ihrer Tante wieder in Betrieb nehmen wollten. Jedenfalls lösten die beiden ihr Geschäft auf und überließen den Laden ihrem jüngeren Bruder.«
»Ich wusste gar nicht, dass sie einen Bruder haben.«
»Einen sehr gut aussehenden Bruder.« Harriet Bloom lächelte verschmitzt. »Er ist der Inhaber von ›Muse & Music‹.«
»Ist er zufällig groß und blond?«
»Ganz richtig.« Mrs Bloom nickte. »Dennis ist so eine Art Musiktherapeut. Bislang hat er das wohl in Altersheimen, Schulen und anderen Institutionen angeboten, aber jetzt kann er die Seminare in seinen eigenen Räumen abhalten.«
Justus machte sich erneut ein paar Notizen. »Haben Sie Dennis zufällig gestern Abend gesehen?«
»Meine Güte, das klingt, als bräuchte er ein Alibi.«
»Ich will auf Nummer sicher gehen.«
»Dann kann ich dir sogar helfen. Dennis bietet unter der Woche mehrere Abendkurse an. Als ich gegen acht Uhr abends die Werkstatt geschlossen habe, wurde nebenan noch eifrig musiziert – Dennis mittendrin.«

»Das ist tatsächlich ein gutes Alibi«, fand Justus. »Gibt es sonst etwas, das ich über die Frosts wissen sollte?«
»Ich fürchte, ich kann dir nicht viel zu der Familie sagen.« Mrs Bloom nahm einen Schluck Tee. »In all den Jahren, in denen die Schwestern neben mir gearbeitet haben, habe ich recht wenig über sie erfahren und ich bin nicht der Typ, der ständig nachhakt, wenn jemand nicht gern redet.«
»Ich schon«, sagte Justus mit einem Grinsen. »Das ist quasi mein Job.«

Die beiden Jungen gingen am Haus vorbei zur Koppel. Die Pferde dösten träge in der herbstlichen Nachmittagssonne.
»Der Rappe ist gerade erst geritten worden«, stellte Peter fest. Er deutete auf den schwarzen Pferderücken. Das Fell war an einigen Stellen verschwitzt und man sah noch den Abdruck des Gurtes darin.
»Richtig«, fiel es nun auch Jesse auf. »Dann war Morland unterwegs.«
Peter ging zwischen Koppelzaun und Haus entlang, bis er zu einer Terrasse aus Natursteinen kam. Dahinter lag ein kleiner Garten mit Obstbäumen. Die Morlands hatten sich die Mühe gemacht, englischen Rasen zu pflanzen und ihn regelmäßig zu bewässern. Es sah beinahe aus wie auf einem Golfplatz. Einen deutlichen Kontrast dazu bildeten die Beete mit den hohen Wildblumen. Peter interessierte sich jedoch weniger für die Pflanzen als für das, was sich daneben befand. Mitten in einem Beet waren die Blumen ausgerissen worden. Ein länglicher Haufen aus schwarzem Mutterboden und Sand deutete darauf hin, dass hier jemand vor Kurzem ge-

graben und das Loch großzügig wieder zugeschaufelt hatte. Der Zweite Detektiv versuchte, die Größe des Erdhaufens zu schätzen. Er war ungefähr zwei Meter lang und einen knappen Meter breit. Wie ein Grab! Peter fand diese Vorstellung alles andere als angenehm. Eine verzauberte Mrs Morland war eine Sache, eine tote eine andere.

Das Quietschen einer Tür ließ die Jungen herumfahren. Peter tauschte einen eiligen Blick mit Jesse, dann spähte er um die Hausecke. Mr Morland war soeben aus dem Stall getreten. Der Zweite Detektiv hätte sich am liebsten mit der flachen Hand vor die Stirn geschlagen. Auf die Idee, dass der Mann gerade das Sattelzeug weggebracht haben könnte, waren sie gar nicht gekommen. Jetzt war guter Rat teuer. Morland ging geradewegs auf das Cottage zu. Er würde jeden Moment ins Haus treten und dann durch die großen Fenster an der Rückseite seinen Garten sehen können – und die beiden Jungen, die sich dort unerlaubterweise aufhielten.

»Dahin!«, zischte Jesse. Schon eilte er hinter einen Gartenschuppen, der am Rande der Terrasse stand. Ein Spaten mit Erdkrümeln stand neben der geöffneten Schuppentür.

»Was nun?«, flüsterte Jesse, als sie in Deckung gegangen waren.

»Wir warten erst einmal ab.« Peter setzte sich auf den Rasen, der so dicht und weich war wie die Fasern von einem Bettvorleger. Der Zweite Detektiv wollte sich gerade Gedanken über ihren nächsten Schritt machen, als ihm von der Rasenfläche etwas entgegenblinkte. Die Sonne schien durch die Blätter eines Apfelbaums und zauberte helle Flecken auf den Boden. Und einer dieser Flecken blitzte bei jeder Bewegung

der Blätter auf. Peter hatte für den Einsatz am Morland Cottage wohlweislich einige Geräte aus ihrer Detektivausrüstung eingepackt, darunter auch ein Fernglas. Er zog es aus seinem Rucksack, hob es vor seine Augen und stellte es an dem Ring in der Mitte scharf. Im Gras, keine zwei Meter von dem Erdhaufen entfernt, lag tatsächlich etwas auf dem Rasen. Peter stand vorsichtig auf, um einen besseren Winkel für seine Beobachtung zu bekommen. Jetzt sah er es ganz deutlich. Es war ein Silberarmband mit zierlichen kleinen Anhängern, eindeutig das Schmuckstück einer Frau. Peter bekam eine leichte Gänsehaut. War Mrs Morland das Armband vom Handgelenk gerutscht? Der Zweite Detektiv suchte den Boden nach Schleifspuren ab. An einigen Stellen waren Grassoden aufgelockert. Nicht direkt eine Schleifspur, aber immerhin ein mögliches Indiz dafür, dass hier unter Umständen ein Verbrechen stattgefunden hatte.
»Was machen wir denn jetzt nur?«, fragte Jesse noch einmal mit leiser Stimme. »Wir können doch nicht den ganzen Tag hinter diesem Schuppen sitzen und warten, bis es dunkel wird.«
»Nein«, entschied Peter. »Wir rennen.«
»Das wäre aber äußerst unhöflich!« Ein Schatten fiel auf die Jungen herab. Vor ihnen stand Mr Morland, die Arme vor der Brust verschränkt und mit einem grimmigen Ausdruck im Gesicht. Jetzt konnte Peter die Narbe deutlich erkennen. »Wenn ihr das nächste Mal irgendwo einbrecht, solltet ihr eure Fahrräder nicht vor dem Haus stehen lassen!«

Den Morlands auf der Spur

Bob betrat die Bücherei von Rocky Beach. Hier hatte er stundenweise als Aushilfe gearbeitet, bis er einen Schülerjob bei einer Musikagentur bekommen hatte. Carol Bennett, die Bibliothekarin, begrüßte ihn von ihrem Tresen aus mit einem fröhlichen Winken.

Der dritte Detektiv schaute kurz auf seine Uhr. In etwas mehr als einer Stunde wollte er sich mit Justus in der Zentrale treffen. Genug Zeit, um noch etwas mehr über Mrs Morland und ihre Bücher herauszufinden. Den Besuch bei der Historischen Gesellschaft von Rocky Beach hatte er um einen Tag verschieben müssen, da die Herren und Damen unterwegs gewesen waren – auf einem Ausflug zu einem alten Weingut.

»Na, arbeitet ihr gerade an einem neuen Fall?«, fragte Miss Bennett, als Bob zu ihr trat. Die Bibliothekarin wusste über die drei ??? Bescheid und war selbst schon einmal ihre Auftraggeberin gewesen.

»Allerdings«, gab Bob zu. »Dieses Mal geht es unter anderem um eine Schriftstellerin.«

»Eine bekannte Schriftstellerin?«

»Das weiß ich noch nicht. Sagt Ihnen der Name Maisie Morland etwas?«

»Allerdings. Sie ist immerhin eine Autorin aus der Gegend. Mit ihrem Debüt ›Nixenherbst‹ war sie sogar hier in der Bibliothek. Eine recht gut besuchte Lesung für Jugendliche.«

»Das ist wohl an mir vorbeigegangen«, bemerkte Bob.

»Du bist eben ein sehr beschäftigter junger Mann.«
»Haben Sie noch Kontakt zu Mrs Morland?«
»Momentan nicht. Aber ich habe schon überlegt, ob ich sie in der Weihnachtszeit noch einmal engagiere. Ihr neues Buch ›Die Winterschwestern‹ passt vom Thema her gut in den Dezember und unser Budget für Veranstaltungen ist noch nicht ganz aufgebraucht.«
»Würden Sie Mrs Morland gleich anrufen?«, bat Bob. »Es könnte wichtig sein. Angeblich ist sie spurlos verschwunden.«
Miss Bennett sah ernsthaft erschrocken aus. »Meine Güte. Sie ist doch wohl nicht in ein Verbrechen verwickelt?«
»Hoffentlich nicht. Aber genau das würde ich gern herausfinden«, sagte Bob.
»Leider habe ich gar keine Telefonnummer.« Carol Bennett wandte sich ihrem Computer zu. »Ich kann ihr aber gerne eine E-Mail schreiben. Soll ich sie etwas Bestimmtes fragen?«
Bob überlegte kurz. »Nein, schreiben Sie einfach das, was Sie mir auch schon erzählt haben – das mit der Lesung in der Weihnachtszeit. Aber bitten Sie Mrs Morland, sich zeitnah zu melden. Sie müssten die Entscheidung noch diese Woche treffen.«
»Wird gemacht!« Die Bibliothekarin zog sogleich die Tastatur zu sich heran. »Ich werde schreiben, dass sie mich so schnell wie möglich anrufen soll. Und dann melde ich mich bei euch.«

»Mr Morland!«, krächzte Jesse mit heiserer Stimme.
»Jesse Everett!« Der Engländer musterte den Jungen mit zor-

nigem Blick. »Hat dein Vater dir keine Manieren beigebracht? Einfach in fremde Gärten einzudringen!«
Jesse war puterrot angelaufen und brachte nur ein trockenes »Äh« zustande.
»Wir haben nach der Katze gesucht!« Peter hatte seine Fassung wiedererlangt. Er griff in seine Tasche und zog das Blatt hervor, das er extra für diesen Zweck ausgedruckt hatte. Es zeigte eine Tigerkatze. Darunter stand: »Entlaufen! Wer hat Trixie gesehen?«.
»Und dafür müsst ihr euch hier verstecken?«, fragte Mr Everett misstrauisch.
»Nein. Wir haben bei Ihnen geklingelt«, antwortete Peter standhaft. Er hoffte inständig, dass man ihm seine Angst nicht ansah oder hörte, dass seine Stimme leicht zitterte. »Jesse und seine Geschwister haben schon überall nach Trixie gesucht. Sie versteckt sich gern in Ställen und Scheunen. Daher wollten wir Sie fragen, ob wir auch in Ihrem Stall suchen können.«
»Das ist noch keine Erklärung für euer Verhalten!«
»Nachdem wir mehrfach vergeblich geklingelt haben, sind wir ums Haus gegangen«, sprach Peter weiter. »Und dann …« Er überlegte fieberhaft. Was würde Justus sagen? Dem Ersten Detektiv fiel in solchen Fällen immer eine passende Geschichte ein. Darauf konnte man sich verlassen. Zu blöd, dass Justus nicht da war! Peter biss sich auf die Lippe. »Dann haben wir ein komisches Rascheln in der Hecke dort hinten gehört! Zuerst dachten wir, es wäre die Katze. Aber dafür war das Rascheln zu laut. Es klang, als wäre es ein Mensch gewesen!«

»Ein Mensch!«, echote Mr Morland. »In meiner Hecke!«

»Ja«, bestätigte Peter mit brüchiger Stimme. »Wir haben uns mächtig erschrocken und sind hinter dem Gartenhaus in Deckung gegangen.«

Mr Morland starrte mit spitz zulaufenden Augenbrauen auf das Blatt, das Peter ihm noch immer hinhielt. »Ihr sucht nach der Katze.«

»Ja, Sir!«, mischte sich nun auch Jesse ein.

Morland stapfte zur Hecke. »Hier ist niemand.«

»Vielleicht haben wir uns nur verhört«, meinte Jesse. »Es war nur ganz kurz.«

»Ich werde mit deinem Vater sprechen müssen, Jesse Everett. Ich dulde keinen weiteren Besuch in meinem Garten. Ist das klar?«

Die Jungen nickten.

»Dann seht zu, dass ihr fortkommt.«

Wieder nickten die Jungen.

»Na los!« Morland machte eine unwirsche Handbewegung.

Peter und Jesse liefen zurück zu ihren Fahrrädern. Jesse atmete hörbar. »Du meine Güte. Ich dachte, der schlägt uns grün und blau!«

»Ich dachte an Schlimmeres!«, murmelte Peter.

Sie stiegen auf ihre Räder und düsten im Eiltempo davon.

Peter bremste leicht, als sie an die Kreuzung kamen. »Ich muss sofort in die Stadt!«

»Weswegen denn? Ihr wollt doch heute bei uns übernachten. Da kannst du doch schon zum Abendessen bleiben.«

»Ich will zur Polizei. Alles Weitere erzähle ich dir später!«

Sie verabschiedeten sich und Peter trat mit aller Kraft in die

Pedale. Obwohl er sehr sportlich war, kam er keuchend am Polizeipräsidium von Rocky Beach an. Sein Herz klopfte wegen der Anstrengung, aber auch vor Aufregung. Mit der Katzennummer war er vermutlich gerade einem Mörder entkommen!

»Ich muss mit Inspektor Cotta reden!«, meldete er sich am Empfang.

»Peter!« Die Dame kannte die drei ??? bereits. Allerdings ließ sie den Zweiten Detektiv trotzdem nicht gleich durch. »Der Inspektor ist gerade in einer Besprechung. Du musst etwas warten. Setz dich doch da drüben bei dem Wasserspender hin.«

Peter ballte die Hände zu Fäusten. Er konnte jetzt nicht warten! Nervös ging er in dem Flur auf und ab. An Sitzen war nicht zu denken. Auch wenn er es nicht eilig hatte, wartete Peter ungern in diesem Flur. An der Wand neben dem Wasserspender hingen die Informationsblätter zu gesuchten Verbrechern. Gesichter von Männern und Frauen blickten im kalten Neonlicht böse von den Fotos herab. Dass diese Menschen irgendwo frei herumliefen, machte Peter nervös. Normalerweise jedenfalls. Dieses Mal konnten es selbst die finstersten Bilder nicht mit dem wütenden Mr Morland aufnehmen. Vor seinem inneren Auge sah Peter, wie der Engländer sich drohend über ihn beugte. Ein Glück, dass Morland seine Geschichte mit der Katze geglaubt hatte. »Danke, Trixie!«, flüsterte er.

»Was hast du gesagt?«, fragte die Dame am Empfang.

»Ach nichts«, meinte Peter schnell.

Seine Geduld wurde auf eine harte Probe gestellt. Immerhin

beruhigte er sich langsam. Mit der Zeit kamen ihm sogar Zweifel. Ein Erdhaufen war, nüchtern betrachtet, noch kein Beweis für einen Mord. Dennoch musste er mit Cotta sprechen. Er trank schließlich zwei Becher Wasser, schrieb eine SMS an Justus und eine an Bob, überlegte, was er Cotta erzählen wollte, und las alle Aushänge – von landesweit gesuchten Bankräubern bis hin zu einem Mann, der Frösche in Läden aussetzte. Trotz seiner Anspannung musste der Zweite Detektiv sogar einmal lachen. Wie es schien, hatte eine Rocky Beacher Seniorin einen Porsche aufgebrochen, kurzgeschlossen und war dann damit getürmt. Sie hatte nur ihren Gehwagen zurückgelassen. Peter fand, dass das viel eher ein Fall für die drei ??? war als die Morland-Angelegenheit. Aber die würde jetzt ja Cotta sicherlich übernehmen. Der Zweite Detektiv hoffte inständig, dass der Inspektor gut gelaunt war. Bei ihm wusste man nämlich nie genau, woran man gerade war. Je nachdem, wie viel Stress Cotta hatte, wechselte seine Stimmung radikal. An manchen Tagen machte man daher besser einen großen Bogen um sein Büro.

»Der Inspektor hat jetzt Zeit für dich!«, riss ihn die Empfangsdame aus seinen Gedanken.

Der Zweite Detektiv bedankte sich und stürmte sogleich in Cottas Büro.

»Peter Shaw!«, sagte der Inspektor, ohne richtig aufzublicken. »Was führt dich zu mir?«

»Es könnte sich um einen Mord handeln!« Sogleich sprudelten die Ereignisse des Nachmittags ungebremst aus Peter heraus. Er berichtete von der vermissten Maisie Morland, ihrem seltsamen Mann, dem Erdhaufen und dem Armband.

Als er endlich fertig war, runzelte Cotta die Stirn. »Hast du Beweise, dass tatsächlich ein Mord stattgefunden hat?«
»Nur den Erdhaufen.« Peter wusste, dass das nicht reichte. »Jetzt klingt es lächerlich. Aber Sie hätten da sein sollen! Dieser Morland ist definitiv ein Verbrecher!« Peter war aufgebracht. Erst musste er eine halbe Ewigkeit warten und jetzt tat Cotta so, als würde er vom Diebstahl eines Gänseblümchens oder einer halb leeren Coladose sprechen. »Und immerhin ist Mrs Morland verschwunden!«, brachte er aufgeregt hervor.
»Woher weißt du das?«
»Die Nachbarn haben sie länger nicht gesehen!«
Cotta lehnte sich zurück. »Deswegen muss sie noch lange nicht tot sein. Sie könnte auch eine Reise machen. Eine hübsche Kreuzfahrt durch die Karibik zum Beispiel.«
Peter seufzte. Cotta hatte recht. Trotzdem hatte er dieses unangenehme Kribbeln im Bauch. »Bitte gehen Sie der Sache nach, damit wir ganz sicher sein können.«
»Das werde ich«, versprach Cotta. »Aber momentan sind wir hier komplett ausgelastet. Die halbe Westküste sucht nach einem Team bewaffneter Bankräuber, vor einer Stunde wurden Frösche in der Buchhandlung Booksmith ausgesetzt und ein Mann im Prinzessinnenkostüm hat ein Eiscafé verwüstet.«
»Aber …«
»Kein Aber. Wenn Officer Cinelly von Booksmith zurückkommt, schicke ich ihn zu den Morlands.«
Kurz darauf verließ Peter unzufrieden das Präsidium. Officer Cinelly war nicht gerade eine Leuchte. Er würde es vermas-

seln. Dabei war sich der Zweite Detektiv sicher, dass Mr Morland hinter allem steckte. Er musste nur ein Geständnis ablegen. Dann würde sich auch klären, was es mit dem Pflanzenmenschen auf sich hatte, und vermutlich besaß der Engländer seit Kurzem auch noch einen weißen Hund – oder gar einen Wolf.

Peter überlegte, was er jetzt tun konnte. In diesem Augenblick klingelte sein Handy. Er sah Bobs Namen auf dem Display. »Hi, Bob, was ist los?«

»Ich bin noch in der Bibliothek! Stell dir vor: Mrs Morland hat eben hier angerufen!«

»Was?«, fragte Peter entgeistert.

»Mrs Morland hat hier angerufen«, wiederholte Bob. »Das ist aber eine längere Geschichte. Ich erzähle sie dir später bei den Everetts. Wichtig ist nur, dass ich deshalb etwas später komme. Ich muss noch meine Sachen zu Hause abholen und komme dann direkt zu Jesse.«

»Aber …«, setzte Peter an. Er seufzte. »Ich habe doch eben Mrs Morlands Mörder überführt!«

Nachteinsatz

»Ich wäre vermutlich im Boden versunken«, gestand Jesse. Die Jungen saßen auf dem Heuboden der Everetts. Gerade hatte Peter von seinem Besuch auf dem Präsidium berichtet.
»Das kannst du laut sagen. Ich musste wieder reingehen und meinen Verdacht zurücknehmen.« Peter seufzte schwer. »Es war mir schon sehr unangenehm.«
Justus sah Peter streng an. »Ich bin durchaus dafür, in heiklen Fällen die Polizei einzuschalten. Aber bei einer so dürftigen Beweislage war das eine äußerst übereilte Maßnahme!«
»Aber der Erdhaufen war sehr verdächtig!«, setzte sich Jesse für Peter ein. »Ich wüsste nur zu gern, was Mr Morland da vergraben hat.«
»Mich interessiert zunächst einmal, was Mrs Morland am Telefon gesagt hat«, erklärte Justus.
Nun war es an Bob, seine Geschichte zu erzählen. Er berichtete von der E-Mail und davon, wie er sich noch mit Miss Bennett über die Bücher von Mrs Morland unterhalten hatte, als tatsächlich das Telefon klingelte.
»Mrs Morland hatte es ziemlich eilig. Sie bedankte sich bei Miss Bennett für die Einladung zu der Lesung, musste aber absagen, da sie momentan nicht in Rocky Beach wohnt. Sie meinte nur, dass es dafür persönliche Gründe gäbe. Sie würde aber gern mit Miss Bennett in Kontakt bleiben und im nächsten Jahr aus ihrem neuen Buch lesen.«
»Und es war auch wirklich die Morland?«, wollte Peter wissen.

»Miss Bennett hat ihre Stimme wiedererkannt.«
»Konnte man eine Nummer im Display erkennen?«, wollte Justus wissen.
»Und ob.« Triumphierend hielt Bob einen Zettel hoch. »Maisie Morland hat aus Los Angeles angerufen.«
»Ist ja nicht gerade weit weg von Rocky Beach«, meinte Jesse. »Da könnte sie doch locker mal kurz für eine Lesung herkommen.«
»Etwas stimmt mit den Morlands nicht«, gab nun auch Justus zu. »Aber wir können zumindest einen Mord ausschließen.«
Jesse lachte auf. »Und eine Pflanze ist Mrs Morland auch nicht. Sonst hätte sie kaum anrufen können.«
»Kollegen, wir sollten langsam aufbrechen!« Justus sah auf seine Uhr. »Es ist dunkel genug, um sich bei der Gärtnerei auf die Lauer zu legen.«

Justus und Peter schlichen nebeneinander durch die Dunkelheit. Das Anwesen der Frosts war deutlich größer, als die Jungen zunächst angenommen hatten. Sie waren der niedrigen Feldsteinmauer gefolgt, die das Gelände eingrenzte. Hinter einer Kurve kam ein kleiner Orangenhain, der in einen sanften Hügel überging. Mondlicht schien auf die Rasenfläche.
»Dort ist noch ein Haus!«, bemerkte Peter überrascht und deutete auf die Umrisse einer alten Villa aus Holz.
»Das muss das Wohnhaus von Frostgrove sein«, gab Justus leise zurück, während sie weiter an der Mauer entlanggingen, »das Haus, in dem die Schwestern leben.«

»Ein perfektes Haus für Hexen und Geister aller Art«, flüsterte Peter. »Hier fühlt sich der Pflanzenmensch bestimmt richtig wohl.« Er gab sich Mühe, so humorvoll wie möglich zu klingen. Dabei hätte das Haus sich tatsächlich wunderbar als Kulisse für einen Gruselfilm geeignet. Die vergilbten Vorhänge, die träge im Nachtwind wehten, die offene Fliegentür, die nur noch an einer Angel befestigt war, und eine morsche Veranda, auf der sich alte Mauersteine und zerbrochene Dachziegel stapelten, sahen bei Nacht nicht gerade vertrauenerweckend aus.

»Es ist nur ein Haus«, gab Justus zurück.

»Willst du da rein?«, raunte Peter.

»Aktuell sehe ich dafür keinen Bedarf. Ich kann es aber im Laufe unserer Ermittlungen nicht ausschließen, die Villa doch noch genauer unter die Lupe nehmen zu wollen.«

»Wir sind allein!« Peter lachte. »Kein Grund, so geschwollen zu reden, Just.«

Der Erste Detektiv bedeutete seinem Freund, leise zu sein. Sie schlichen noch etwas an der Mauer entlang und spähten immer wieder auf das Grundstück, doch dort ereignete sich nichts. Alles war still. Von Pflanzenmenschen, Wölfen oder anderen Lebewesen und Geistern war nichts zu sehen oder zu hören. Der Mond wanderte gemächlich über den Himmel und der Wind legte sich. Peter ertappte sich dabei, dass ihm beinahe etwas langweilig war.

Schließlich blies Justus zum Rückzug. »Hier kommen wir nicht weiter«, beschloss er. »Ich hoffe, dass die anderen erfolgreicher waren.«

Bob und Jesse hatten am anderen Ende des Grundstücks hinter einer niedrigen Mauer ihren Posten bezogen. Von dort aus hatte man die Gewächshäuser gut im Blick. Savannah Frost saß im Licht einer Öllampe auf einer Bank vor einem kleinen Gebäude, das an den Laden grenzte. Wie Jesse berichtet hatte, war es zuvor das Haus des Verwalters gewesen. Der war nach dem Tod der alten Mrs Frost jedoch in Rente gegangen und nach Florida gezogen.

Bob verzog das Gesicht. Sein linkes Bein war eingeschlafen. Er bewegte sich vorsichtig.

»Alles klar?«, raunte Jesse.

»Geht schon«, flüsterte Bob zurück.

»Müssen wir wirklich die ganze Nacht hier hocken?«

»Keine Ahnung. Ich –« Bob wollte gerade noch etwas sagen, als die Tür eines der Gewächshäuser aufging. Tanika trat heraus, eine Gießkanne und einen Eimer in den Händen. Obwohl nun beide Schwestern im Freien waren, konnte man noch immer Bewegungen im Gewächshaus wahrnehmen und ein mattes Licht schimmerte durch die Glaswände.

»Da ist jemand drin!«, zischte Jesse aufgeregt.

»Das sehe ich auch!« Bob reckte sich, um besser sehen zu können. Im Gegensatz zu Peter war der dritte Detektiv nicht sonderlich abergläubisch. An Gespenster glaubte er nicht mehr, seit er zur Schule gekommen war – und das war nun schon einige Jahre her. Aber für einen kurzen Moment hatte er den Eindruck, als würden sich im Gewächshaus tatsächlich Pflanzenmenschen bewegen. Als hätte Tanika Frost dort im Schutze der Dunkelheit ein paar übernatürliche Wesen zum Leben erweckt.

Ein Rascheln hinter ihm riss ihn aus seinen Gedanken. Bob fuhr herum. Der Schreck fuhr ihm eiskalt in die Glieder. Wer hatte sie entdeckt? Zwei Schatten beugten sich über ihn. Bob hob instinktiv die Fäuste, bereit zum Kampf.
»Wir sind es!«, hörte er die vertraute Stimme von Peter.
»Puh«, machte Bob erleichtert.
»Irgendwelche Vorkommnisse?« Justus kroch neben Bob und spähte nun ebenfalls über die Mauer.
»Jemand ist im Gewächshaus«, flüsterte Jesse. »Und es ist keine der beiden Frost-Schwestern!«
Justus stand vorsichtig wieder auf. »Wir müssen näher ran!«
»Das geht nicht!« Peter schüttelte vehement den Kopf. Doch das sah der Erste Detektiv schon nicht mehr.
Die anderen folgten ihm zögerlich, auch Peter. Ein paar Meter weiter verlief die Mauer dicht hinter einem Schuppen entlang. Dort konnte man auf das Gelände der Frosts klettern, ohne gesehen zu werden. Die Jungen gaben sich alle Mühe, beim Gehen im knöchelhohen Unkraut nicht zu rascheln. An der Seite des Schuppens konnte man ein ganzes Stück im Schatten entlangschleichen, bis man zu dem Stapel aus Holzscheiten kam. Dahinter blieb Justus endlich stehen und bedeutete den anderen, sich zu ducken. Vorsichtig spähte er um die Ecke. Von hier aus konnte man den Eingang zum vorderen Gewächshaus überblicken. Tanika hatte den Eimer und die Gießkanne abgestellt und ein paar Gartengeräte in eine Schubkarre gelegt.
»Ich bin gleich fertig mit der Abrechnung«, sagte Savannah gerade zu ihrer Schwester. »Danach kümmere ich mich um das Abendessen.«

»Gut, wir haben noch einiges im ›Haus der Gesundheit‹ zu tun«, meinte Tanika Frost. »Es wird heute wieder spät werden.«
»Hauptsache, wir haben genug Kräuter.« Savannah strich sich eine Strähne ihres langen, feuerroten Haares aus dem Gesicht. »Du weißt, wie wichtig das ist!«
»Die Ernte ist gut«, gab ihre Schwester im Gehen zurück. Sie steuerte das Gewächshaus an und öffnete die Glastür.
Jetzt konnte Justus die Umrisse eines großen Mannes erkennen. Er stand ganz in der Nähe der Tür und beugte sich über einen Pflanztisch. Dahinter konnte der Erste Detektiv weitere Gestalten erkennen. Im Gewächshaus befanden sich mindestens drei Menschen.
»Vielleicht schaffen wir es noch näher ran!«, flüsterte Justus den anderen zu.
»Wie denn?«, flüsterte Peter gerade zurück, als Jesse einen schwerwiegenden Fehltritt machte: Er stapfte mit dem rechten Fuß geradewegs auf einen rostigen Eimer, der umgekippt im hohen Gras lag. Jesse strauchelte, während der Eimer scheppernd unter seinem Fuß davonrollte. Gleichzeitig stützte er sich so ungeschickt an dem Holzstapel ab, dass ein paar Scheite hinunterfielen.
Savannah Frost sprang von der Bank auf. Einen Moment verharrte sie regungslos. Dann wandte sie den Kopf in ihre Richtung. Es war, als würde sie die Jungen wittern. Die drei ??? und Jesse pressten sich eng an die Hauswand.
»Dämon?« Die Stimme von Savannah klang seltsam – lockend und etwas ängstlich zugleich.
»Dämon?«, formte Peter tonlos mit den Lippen. Bob nickte

bestätigend. Bevor die Jungen überlegen konnten, was es mit dem Dämon auf sich hatte, ging die Tür des Gewächshauses wieder auf. Ein etwas kleinerer Mann trat heraus. Er trug eine Latzhose und Handschuhe. »Dämon? Haben Sie eben ›Dämon‹ gerufen?«

Schon kam Tanika hinter ihm durch die Tür. »Gehen Sie wieder rein! Sie sollten nicht hier draußen sein!« Ihre Stimme klang überraschend barsch.

»Aber –«, setzte der Mann an.

Tanika packte ihn bei der Schulter. »Gehen Sie wieder rein. Es ist nicht sicher! Wir wissen nicht, was das eben war!«

Beide Schwestern hatten sich dem Mann zugewandt. Wenn die Jungen noch fliehen wollten, dann mussten sie es jetzt tun. So leise wie möglich huschten sie geduckt an der Schuppenwand entlang. Einer nach dem anderen kletterten sie über die niedrige Mauer. Justus bildete das Schlusslicht. Er hatte gerade ein Bein über die Steine geschwungen, als er erneut Tanikas Stimme hörte. »Savannah, kannst du dich umsehen?«

»Mir ist nicht wohl bei der Sache!«

»Du brauchst dich vor ihm nicht zu fürchten. Das weißt du!«

Mit Schwung zog Justus sein anderes Bein nach. Kleine Steinchen lösten sich.

Hinter ihnen erklang wieder ein fragendes »Dämon?«.

Ohne zu stoppen, liefen sie den Weg zu ihren Fahrrädern zurück, die sie in dem Gebüsch an der Kreuzung versteckt hatten. Peter hatte das Gefühl, dass sie dabei so viel Lärm machten wie eine durchgedrehte Bullenherde. Dabei waren sie mit ihren Turnschuhen auf dem Sandweg recht leise.

Als sie bei der Kreuzung ankamen, blickte der Zweite Detektiv sich um. Hinter ihnen war niemand zu sehen. Dennoch hatte er das unbehagliche Gefühl, beobachtet zu werden. Er konnte es kaum erwarten, auf seinem Rad zu sitzen.
»Gut, dass sie uns nicht gesehen hat!«, sagte Jesse.
»Das können wir leider nicht ausschließen«, antwortete Justus keuchend und rieb sich die Seite. »Zu blöd! Jetzt mussten wir unsere Ermittlungen abbrechen!«
»Was nun?«, wandte sich Bob an seinen Freund. »Wollen wir später noch mal zurück zur Gärtnerei oder nehmen wir den Erdhaufen im Garten der Morlands unter die Lupe?«
»Die Schwestern sind jetzt leider vor Eindringlingen gewarnt«, sagte der Erste Detektiv unzufrieden. »Es wäre unklug, sich heute Nacht dort erneut auf die Lauer zu legen.«
»Und zu Mr Morland bringen mich keine zehn Pferde!«, sagte Jesse. »Der kann seinen Garten vom Wohnzimmer aus überblicken. Wenn der uns sieht, dreht er durch.«
Also fuhren die Jungen zurück zur Yellow Corn Farm. Auf halbem Weg drehte sich Peter noch einmal um. Der tote Baum ragte als schwarzer Umriss drohend in den Nachthimmel. Dahinter lag das Anwesen der Hexenschwestern. Der Zweite Detektiv kniff die Augen zusammen. Hatte er dort eben etwas Rotes zwischen den Büschen gesehen? Das Feuerhaar der Hexen? Wieder hatte er das unheimliche Gefühl, beobachtet zu werden. Sofort trat er schneller in die Pedale.

Geschichten am Lagerfeuer

Die Jungen waren zu aufgeregt, um zum Schlafen in die Scheune zu gehen. Jesse nahm ihren Proviant und besorgte noch eine Packung Marshmallows. Dann zündete er im Garten hinter dem Haus ein Lagerfeuer an. Die Jungen setzten sich auf ein paar große Steine, die rund um die Feuerstelle lagen. Schon bald stieben rote Funken in den schwarzen Himmel. Die Holzscheite knackten und knisterten.

»Schwarzarbeiter!«, meinte Bob, während er die Thermoskanne mit dem Tee aus dem Korb hob.

»Das habe ich auch überlegt.« Justus spießte ein Marshmallow auf einen langen Stock. »Illegale Arbeiter, die von den Schwestern nicht gemeldet werden.«

Jesse wirkte nicht ganz überzeugt. »Schwarzarbeit kommt auf den Höfen immer wieder vor. Aber normalerweise arbeiten die Leute nicht heimlich. Viele von ihnen übernehmen ganz gewöhnliche Tätigkeiten – ohne sich zu verstecken. Die Nachbarn wissen schließlich nicht, ob die Arbeiter gemeldet sind oder nicht. Und hier interessiert das auch keinen.«

Peter nahm seinen Tee entgegen. »Abgesehen davon erklärt das weder diesen Pflanzenmenschen noch diesen Wer- … äh … Wolf … also … Hund. Oder was das auch immer für ein Tier war.«

»Das stimmt«, lenkte Justus ein.

»Und die Hexen haben selbst Angst vor etwas«, sagte Peter laut. »Vor einem Dämon. Zumindest glauben sie, dass es einer ist.«

»Deshalb wollten sie auch nicht, dass die Männer aus dem Gewächshaus hinaus auf den Hof gehen«, ergänzte Jesse.
Peter dachte daran, dass die Hexen vielleicht etwas heraufbeschworen hatten, was nun nicht mehr unter ihrer Kontrolle war. Aber er sprach es lieber nicht aus. Dafür warf nun Jesse genau diese Überlegung in den Raum. »Ob sie mit diesem Dämon den Pflanzenmenschen meinen?«
Kaum hatte er das gesagt, als sie ein Rascheln vernahmen.
»Was war das?«
»Vielleicht ein Tier?«, meinte Jesse. Er starrte angestrengt in die Dunkelheit jenseits des Feuers.
»Wir sollten etwas leiser reden«, raunte Justus den anderen zu. »Wer weiß, wer uns gerade zuhört.«
»Oder was«, fügte Peter hinzu.
»Mrs Morland ist jedenfalls nicht der Dämon«, sagte Bob, »womit leider noch immer nicht geklärt ist, was sie mit der ganzen Sache zu tun hat.«
»Mir reicht vorerst, dass sie noch ein lebendiger Mensch ist«, gab Peter zu.
»Sie lebt? Maisie lebt? Wirklich?«
Die vier Jungen zuckten zusammen, als hätten sie einen elektrischen Schlag bekommen.
»Autumn!«, rief Jesse vorwurfsvoll. Er blickte auf die junge Frau, die nun zur Feuerstelle trat. »Meine Güte, kannst du dich bitte nächstes Mal nicht so hinterhältig anschleichen?«
»Ich habe mich nicht hinterhältig angeschlichen«, gab sie kühl zurück. Doch dann änderte sich ihr Gesichtsausdruck. »Ist es wahr, dass Maisie Morland lebt? Dass es ihr gut geht?«
»Wie gut es ihr geht, können wir dir nicht sagen, aber dafür

konnten wir uns vergewissern, dass sie keine Pflanze ist und noch unter den Lebenden weilt.«

Autumn ließ sich auf einen der großen Steine sinken. Sie strahlte – zum ersten Mal, seit die drei ??? sie kennengelernt hatten. »Dann ist sie ihnen entkommen.«

»Glaubst du wirklich, dass sie sich vor den Frosts verstecken muss?«, fragte Justus.

»Du bist nicht hier draußen aufgewachsen«, gab Autumn zurück. »Du hast Audrey Frost nie getroffen und du weißt nicht, wozu ihre Nichten fähig sind.«

»Es wäre hilfreich, wenn du uns alles berichtest, was du weißt«, sagte Justus geduldig.

Autumn Everett sah auf ihre Knie hinab und schwieg.

»Es könnte wichtig sein!«, drängte Bob.

»Ihr werdet mich für verrückt halten«, flüsterte Autumn. »Es ist besser, wenn ich wieder ins Haus gehe. Und ihr solltet auch lieber in Jesses Zimmer gehen. Hier draußen ist es nach Einbruch der Dunkelheit nicht sicher.«

»Nun sag schon, was du weißt!«, kam es unwirsch von Jesse. »Viel verrückter als die blöden Warnungen von dir kann es ja nicht werden. Außerdem habe ich auch etwas gesehen und ich glaube sonst nicht an Gespenster.«

Autumn schlug die Hände vors Gesicht und atmete tief durch. Dann setzte sie sich plötzlich kerzengerade hin, strich ihre beiden Zöpfe zurück und sah die Jungen an. »Also gut. Ihr habt ein Recht, es zu erfahren. Sonst wisst ihr nicht, womit ihr euch einlasst!«

»Dann erzähl endlich!«, forderte Jesse.

»Vor ein paar Jahren habe ich mit unserem Muli Apache ei-

nen Ausritt in die Küstenberge gemacht«, begann Autumn. »Ich habe dabei nicht auf die Uhr geachtet und es war schon spät, als ich zurückkam. Ich ritt in der Nähe vom Santa Inez Creek nach Hause, auf einem schmalen Pfad oberhalb von Frostgrove. Da sah ich plötzlich die alte Audrey Frost am Fluss. Sie lief barfuß in einem langen Kleid am Ufer entlang. Ich überlegte, ob ich sie grüßen sollte, doch bevor ich überhaupt in ihre Nähe kam, wurde ihr Anblick seltsam verschwommen. So, als hätte ich eine Brille mit der falschen Sehschärfe auf. Dann hörte ich einen Flügelschlag. Audrey Frost war wie vom Erdboden verschwunden, aber dafür erhob sich ein Rabe in die Abendluft.« Autumn schüttelte sich, als wolle sie die Erinnerung an jenen Abend loswerden.
»Warum hast du das nie erzählt?«, wollte Jesse ungläubig wissen.
Autumn verschränkte ihre Finger. Sie zitterten leicht. »Mum und Dad haben immer behauptet, ich hätte eine lebhafte Fantasie. Ihnen konnte ich davon nichts erzählen. Und dir, Jesse, wollte ich nichts sagen. Du warst noch so jung und hast immer so schlecht geträumt. Also habe ich mir wieder und wieder gesagt, dass ich mir den Raben nur eingebildet hätte. Aber es blieb nicht bei dieser einen Sache. Letztes Jahr, am Tag der Wintersonnenwende, habe ich auf dem Gelände der Frosts zwei Tiere gesehen, einen weißen Hirsch mit einem roten Geweih und einen weißen Wolf mit roten Augen. Sie standen ganz still in der Dämmerung und beobachteten die Villa. Hinterher habe ich erfahren, dass Audrey Frost genau an diesem Tag gestorben ist. Ich glaube, dass Tanika und Savannah in ihrer Tiergestalt gekommen waren, um

ihrer Tante die letzte Ehre zu erweisen.« Jetzt sah Autumn wieder auf. Das Lagerfeuer warf merkwürdige Schatten auf ihr ernstes Gesicht.

Justus räusperte sich leise. Es fiel ihm schwer, an solche Geschichten zu glauben. Er würde Jesse fragen müssen, ob seine Schwester psychische Probleme hatte oder irgendwelche Medikamente nahm. Wenn nicht, musste es eine andere Erklärung für die Tiere geben. Peter hingegen gab sich große Mühe, nicht zu nervös zu wirken. Dabei zuckte er bei jedem Geräusch in der Dunkelheit zusammen.

»Du hättest wirklich zu mir kommen können!«, sagte Jesse bestürzt zu seiner Schwester.

»Ich bin zu Maisie Morland gegangen. Sie hat mir zugehört. Manchmal hat sie sogar angedeutet, dass sie in der Nähe von Frostgrove etwas Ähnliches erlebt hätte. Ich glaube, dass sie deshalb ›Die Winterschwestern‹ geschrieben hat. Sie musste ihre eigenen Erinnerungen verarbeiten und meine auch.«

»Damit hat sie die Schwestern aber erst so richtig auf sich aufmerksam gemacht!«, rief Peter aufgebracht.

»Maisie hatte seit ihrer Kindheit Kontakt zu den Schwestern. Sie hat sich vielleicht nicht genug vor ihnen gefürchtet. Aber als das Buch erschienen war, hatte sie doch Angst«, sagte Autumn. »Sie glaubte, dass die Schwestern etwas Gefährliches vorhatten. Sie wollten etwas beschwören.«

»Einen Pflanzenmenschen?«

»Maisie hat es nur angedeutet. Aber ich glaube, dass es genau darum ging. Savannah und Tanika wollten das erreichen, was ihre Tante angeblich so gut beherrschte: einen Pflanzendämon erschaffen.«

»Wir werden das überprüfen«, versprach Justus sachlich.
Autumn stand abrupt auf. »Tu, was du nicht lassen kannst. Aber du spielst mit deinem Leben und mit dem Leben deiner Freunde. Die Frosts sind keine gewöhnlichen Menschen. Sie können die Gestalt von Tieren annehmen, die Sprache des Windes sprechen und tote Dinge zum Leben erwecken. Sie sind Herrinnen über Erde und Wasser und Gebieterinnen der Pflanzen. Naturgeister fügen sich ihrem Willen.« Sie sah Peter an, der daraufhin seinen Blick senkte. »Manchmal hat Mut einen sehr hohen Preis.« Mit diesen Worten stapfte sie davon und ließ die Jungen am Lagerfeuer zurück.

Auch später, als Jesse und die drei ??? bereits in ihren Schlafsäcken in der Scheune lagen, dachte jeder über die Worte von Autumn nach.
»Jesse?«, setzte Justus an.
»Was ist?«
Justus zögerte kurz. »Deine Schwester …«
»Was ist mit ihr?«
»Ist sie … ich meine … muss sie Psychopharmaka nehmen?«
»Du willst wissen, ob Autumn verrückt ist?« In Jesses Stimme schwang ein deutlicher Vorwurf mit.
»Als guter Detektiv muss ich das überprüfen«, rechtfertigte sich Justus.
»Autumn ist abergläubisch«, gab Jesse zu. »Und sie hat tatsächlich eine blühende Fantasie. Aber sie bildet sich normalerweise keine Sachen ein, die nicht da sind.«
»Und warum lebt sie noch immer hier, statt auf ein College zu gehen?«, fragte Bob.

Jesse seufzte. »Meine Eltern haben nicht das Geld, um uns studieren zu lassen, und für ein Stipendium hat es nicht gereicht. Autumn arbeitet hier auf dem Hof und kümmert sich um unsere kleinen Geschwister. Sie ist nicht glücklich mit der Situation, aber deshalb erfindet sie doch noch lange keine Märchen.«
»Außerdem haben Bob und ich den weißen Wolf mit den roten Augen ebenfalls gesehen«, meldete sich Peter zu Wort.
»Du hast einen Caniden gesehen«, erwiderte Justus. »Vermutlich einen weißen Hund. Und du hast ihn mit deiner Taschenlampe angeleuchtet. Du weißt doch, was dann passiert.«
»Schon klar«, gab der Zweite Detektiv zu. »Die Augen reflektieren das Licht irgendwie seltsam. Das habe ich schon öfter bei Hunden gesehen.«
»Hunde wie auch Katzen und viele andere Tiere, die nachts aktiv sind, besitzen ein sogenanntes Tapetum cellulosum lucidum«, erklärte Justus. Es war einer dieser Momente, bei denen er mit sichtlichem Genuss sein umfangreiches Wissen demonstrierte. Jesse war auch offenkundig beeindruckt, während Peter und Bob sich einen vielsagenden Blick zuwarfen. »Es handelt sich um eine reflektierende Schicht hinter der Netzhaut. Sie wirft das ins Auge des Tieres eintretende Licht zurück.«
»Das mag die roten Augen erklären«, nutzte Peter eine Atempause seines Freundes. »Aber du hast dieses Biest nicht gesehen. Er war mager und struppig und sah durch und durch bedrohlich aus. Wie ein Geist oder ein Dämon.«
»Das ist deine subjektive Einschätzung«, sagte Justus ruhig.

»Es könnte sich dennoch um einen ganz gewöhnlichen Hund handeln, der für die Inszenierung eines Spuks eingesetzt wird. Diese Möglichkeit ist auch bei dem Hirsch, den Autumn gesehen hat, nicht auszuschließen.«
Bob zog den Reißverschluss seines Schlafsacks hoch. »Du meinst, dass sich jemand die Mühe gemacht hat, einen Hirsch und einen Hund in einem Garten auszusetzen, um jemanden zu erschrecken?«
»Warum nicht?«, fragte Justus zurück. »Wie unsere Erfahrung zeigt, haben Verbrecher schon deutlich mehr Aufwand betrieben, um ihre Ziele zu erreichen. Beide Tiere könnte man auf einem Gelände wie dem der Frosts unterbringen.«
»Und das rote Geweih?«
»Künstliche Farbe, oder das Tier war gerade dabei, seinen Bast loszuwerden. Wenn das Wachstum eines Geweihs beendet ist, streifen die Tiere diese dünne Haut ab. Sie hängt dann in blutigen Fetzen herab. Das wiederum mag ein unheimlicher Anblick sein, aber es handelt sich nichtsdestotrotz um einen natürlichen Vorgang.«
»Aber warum sollte jemand so einen Spuk inszenieren? Der Pflanzenmensch allein reicht doch schon. Ist das nicht alles etwas viel? Ich meine –« Ein Rascheln ließ Bob innehalten. »Was war das?«
»Vielleicht eine der Katzen?« Jesse setzte sich auf. In der Scheune konnte man um diese Uhrzeit kaum noch etwas erkennen. Bob hielt die Lampe hoch, in deren Licht er gelesen hatte. Lange Schatten fielen auf Heuballen, Balken und Bodendielen. Dahinter lag undurchdringliche Schwärze. Peter zog seinen Schlafsack bis zum Kinn. Als sich nach ein

paar Minuten nichts mehr tat, legten sich die Jungen wieder hin. Auf Justus' Bitte hin begann Bob die Geschichte von den »Winterschwestern« noch einmal nachzuerzählen.
Peter schloss die Augen und lauschte der Stimme seines Freundes. Er hörte zu, wie das Mädchen Molly versuchte, seine Freundin zu retten, wie es immer mehr über die Hexen herausfand und schließlich durch einen unterirdischen Gang in eine Höhle gelangte, in der die Pflanzenmenschen hausten. Doch was dann genau passierte, bekam er nicht mehr mit. Realität und Geschichte mischten sich in seinem Kopf zu einem wirren Traum. Der Traum wurde so seltsam, dass Peter regelrecht froh war, als er aufwachte. Der Zweite Detektiv fröstelte. Seine Armbanduhr verriet ihm, dass es sechs Uhr war, noch vor Sonnenaufgang. Peter streckte sich. Dabei fiel sein Blick auf etwas, das rund um seinen Schlafsack lag. »Blätter!«, rief er erstaunt.
»Was ist?«, fragte Bob schlaftrunken.
»Blätter!«, wiederholte Peter. Jetzt sah er, dass auch die anderen inmitten von Blättern und Ranken lagen. Es sah beinahe so aus, als würden sie den Jungen aus den Haaren wachsen.

Vergilbte Menschen

»Die waren doch gestern Nacht noch nicht hier.« Bob fasste sich an den Kopf. Dort wucherte eine dunkelgrüne Ranke mit langen, spitz zulaufenden Blättern. Zwischen den Schlafsäcken wanden sich dornige Äste und fleischige Schlingen mit blutroten Blüten durchs Stroh. Es war, als hätten die Pflanzen aus den Gewächshäusern über Nacht die Scheune eingenommen.

»Nehmt das Gestrüpp weg!« Justus drehte sich zur anderen Seite. »Und macht das Licht aus, es zieht.«

»Justus!« Peter rüttelte seinen Freund an der Schulter. »Wach auf! Hier passiert etwas!«

»Ja, gestern«, murmelte Justus, vollkommen aus dem Zusammenhang gerissen.

»Wach auf!«, rief Peter nun lauter.

Statt Justus fuhr Jesse hoch. »Was ist?« Erschrocken sah er Peter an.

»Hier ist überall Gestrüpp! Die Pflanzen wollen uns holen.«

Bob stöhnte. »Wie kommst du denn auf diese hirnrissige Idee, Peter?«

»Ist doch klar! Wir sind den Hexen zu nahe gekommen. Also haben sie diesen Dämon geschickt, um uns zu verwandeln.« Der Zweite Detektiv stieg aus dem Schlafsack.

»Glaubst du das wirklich?«, fragte Jesse, ohne jeglichen Spott in der Stimme.

Peter überlegte kurz. Jetzt, am Morgen, wirkte die Geschichte von Autumn nicht mehr ganz so gruselig. »Na ja … nein.

Nicht wirklich. Ich meine, die Pflanzen sind bestimmt nicht allein hierhergekrochen. Aber seltsam ist es trotzdem!«

»Wenn ihr mich fragt, soll das eine Warnung sein.« Bob sah sich prüfend um. »Jemand hat sich die Mühe gemacht, nachts in die Scheune einzusteigen und hier alles schön aufwendig zu dekorieren. Und wir haben tief und fest geschlafen und nichts bemerkt.«

»Au!« Neben ihnen fuhr Justus hoch. Offenbar hatte er im Halbschlaf in die Dornen gegriffen. Der Erste Detektiv steckte seinen Zeigefinger in den Mund und lutschte darauf herum.

»Wollt ihr trotzdem weiterermitteln?«, fragte Jesse.

Justus nahm den Finger wieder aus dem Mund. Auf der feuchten Haut bildete sich ein kleiner, roter Blutstropfen, der langsam größer wurde. »Es gibt keinen Grund, die Ermittlungen abzubrechen. Ganz im Gegenteil. Wenn man es für nötig hält, uns eine botanische Warnung zu schicken, scheinen wir auf der richtigen Spur zu sein. Abgesehen davon lasse ich mich nicht von Leuten erschrecken, die einmal zu oft Dornröschen gelesen haben.« Er schob die Dornenzweige mit seinem Turnschuh von sich. »Wir machen also weiter!«

Nach einem ausgiebigen Frühstück im Farmhaus der Everetts machten sich die drei ??? und Jesse auf den Weg zur Schule. Dort trennten sich ihre Wege in die verschiedenen Unterrichtsräume.

Der Vormittag zog sich hin wie Kaugummi. Nach Geschichte, Journalistik, Biologie und Kunst gesellte sich Bob in der

Mittagspause kurz zu seinen Freunden, doch sie kamen nicht dazu, den Fall zu besprechen, da sie immer wieder gestört wurden. Nach zwei weiteren Fächern, Wirtschaft und Amerikanische Literatur, hatte der dritte Detektiv endlich Schulschluss. Justus musste um diese Zeit zum Mathekurs für Fortgeschrittene, und Peter und Jesse hatten Basketballtraining. Deshalb fuhr Bob allein zur Stadtmitte, wo das Heimatmuseum lag. Es war ein dreistöckiger Bau in blassem Gelb. Neben zahlreichen Ausstellungen rund um die Stadtgeschichte von Rocky Beach befanden sich hier auch die Räumlichkeiten der Historischen Gesellschaft, kurz HSRB genannt. Heute fand kein Ausflug statt und Helen Bernard freute sich, Bob zu sehen. Der dritte Detektiv kannte sie seit seiner Kindheit, da Helen eine sehr gute Freundin seiner Mutter war. Ihre Söhne waren bereits auf dem College und ihre halbe Stelle im Museum war ihr nicht genug. Daher engagierte sie sich seit einiger Zeit zusätzlich für die HSRB. Bob folgte ihr in einen lichtdurchfluteten Raum im Obergeschoss. Hier befand sich eine Mischung aus Archiv, Konferenzzimmer und Abstellkammer. Helen Bernard bot ihm Zitronenlimo an und setzte sich mit dem dritten Detektiv an einen kleinen Tisch in der Nähe des Fensters.

»Also, was führt dich zu mir?«

»Meine Freunde und ich bräuchten Informationen zu einem Anwesen in der Nähe von Rocky Beach«, antwortete Bob. »Es handelt sich um Frostgrove. Ich hoffe, Sie können mir weiterhelfen.«

»Frostgrove?« Die Frau überlegte einen Augenblick. »Dazu kann ich dir ein bisschen was erzählen und es sollte eigentlich auch schriftlich einiges vorliegen. Immerhin handelt es sich bei der Villa und den Gewächshäusern um ein bewegtes Stück Geschichte – sofern man das Wort ›bewegt‹ auf Häuser anwenden kann.« Sie stand auf und ging zu einem offenen Regal, das bis unter die Decke reichte und mit Büchern, Pappschachteln, Aktenordnern, Mappen und Papierstapeln vollgestellt war. Es dauerte eine ganze Weile, bis sie eine graue Mappe aus einem Stapel zog und zufrieden lächelte. »Darin befindet sich die gesammelte Geschichte der Gärtnerei.« Sie legte die Mappe offen vor Bob auf den Tisch. Der dritte Detektiv sah auf vergilbte Fotos, die Kopie einer Landkarte, lose Karteikarten und Zettel.

»Hier ist eine kurze Übersicht der wichtigsten Daten«, sagte Mrs Bernard und deutete auf eine Liste. »Interessiert dich eine bestimmte Zeit oder eine bestimmte Person besonders?«

»Ich weiß leider noch nicht genau, wonach ich suche«, gab Bob zu. »Ein allgemeiner Überblick wäre sicherlich hilfreich.«

»Dann fange ich einfach ganz am Anfang an.« Mrs Bernard setzte sich ihm gegenüber. »Als die große Zeit des Goldrausches vorbei war, wurde auf dem heutigen Gelände der Frosts die *Santa Inez Creek Winery* betrieben. Auf dem Weingut wurden Zinfandel-Trauben angebaut. Boden und Lage sind nicht ideal für Wein, doch die kleine Winzerei hielt sich bis in die späten 1880er-Jahre. Dann kam es zu einer verheerenden Reblausplage. Das Weingut wurde geschlossen und das Land verkauft. Teile dieses Grundstücks gingen 1891 an einen Mann von der Ostküste. Es handelte sich um William Frost, der mit seiner Familie nach Kalifornien zog und zunächst ein Wohnhaus errichtete. Zwei Jahre später begann er mit dem Bau der Gewächshäuser. Nach dem frühen Tod von William Frost übernahm seine Frau Gwendolyn im Jahr 1905 den Betrieb. Interessant wurde die Geschichte der Frosts dann vor allem ab 1919.«

»Was ist damals passiert?«

»Weißt du, was die Prohibitionszeit war?«

»Aber sicher«, bestätigte Bob. »Damals war Alkohol in den USA per Gesetz verboten.«

»Richtig«, bestätigte Mrs Bernard. »Deshalb entstanden im ganzen Land Schwarzbrennereien, die illegal Alkohol herstellten. Die Spirituosen, die sie produzierten, nannte man Moonshine, also Mondschein.«

»Und Mrs Frost hat eine Schwarzbrennerei betrieben?«

»Es galt als offenes Geheimnis. Damals wurde Frostgrove von den Rocky Beachern oft auch als ›Moonshine Park‹ bezeichnet. Die Gärtnerei bestand fast nur noch zur Tarnung, während die Destillerie voll im Betrieb war. Erst als die Prohibition 1933 beendet wurde, konzentrierten sich die Frosts wieder auf die Pflanzen.«

»Wo befand sich denn diese Schwarzbrennerei?«, hakte Bob nach.

»Das ist ein wohlgehütetes Geheimnis der Familie Frost. Man munkelt, dass der Moonshine in den Überresten der alten Winzerei produziert wurde. Aber es ist nicht gesagt, dass es überhaupt noch alte Keller oder Ruinen aus der Zeit des Weinbaus gibt. Ich denke eher, dass die Frosts ihre Wirtschaftsgebäude umfunktioniert hatten.« Sie deutete auf die Fotokopie, die in der Mappe lag. »Das ist eine alte Flurkarte.

Die gestrichelten Flächen stehen für Gebäude. Das dort ist das Wohnhaus von Frostgrove, dort sind die drei Gewächshäuser und gegenüber das Haus des ehemaligen Verwalters. Diese Gebäude hier«, sie zeigte mit dem Finger auf drei Rechtecke, »sind einfache Wohnstätten für Landarbeiter und Geräteschuppen. Mittlerweile soll eines dieser Häuser in einen Laden umgebaut worden sein.«
Bob betrachtete die Karte. »Meinen Sie, es gibt diese Destillerie heute noch?«
Mrs Bernard lachte auf. »Aber nein! Weswegen denn? Wenn die Frosts Schnaps brennen würden, wäre das doch nicht illegal – vorausgesetzt, sie würden das Gewerbe ordnungsgemäß anmelden.«
Nachdenklich sah Bob sich die Fotos an. Auf den Rückseiten befanden sich kleine Zettel mit Informationen. Ein besonders altes Bild in verblichenen Grau- und Brauntönen zeigte einen stattlichen Mann mit angegrautem Bart in einem Anzug mit Weste und Taschenuhr. Neben ihm stand eine große Frau in einem hochgeschlossenen Kleid. Ihre lockigen Haare waren zu einer altmodischen Frisur aufgesteckt. Ihre schmalen Hände lagen jeweils auf einer Schulter der beiden Mädchen, die vor ihr standen. Alle vier starrten den Betrachter aus durchdringenden hellen Augen an. Ihr Blick war seltsam intensiv, sodass man sich kaum davon lösen konnte. Eilig wendete der dritte Detektiv das Foto und las den Text auf der Rückseite. *»William und Gwendolyn Frost mit ihren Töchtern Savannah und Tanika. Rocky Beach, 1898«*. Bob spürte ein leichtes Kribbeln im Nacken. Dann verwarf er den Gedanken, der ihm spontan gekommen war. Peter hätte

bestimmt gesagt, dass die Schwestern auf dem Foto dieselben Frauen waren, die jetzt auf Frostgrove wohnten. Aber die hätten mittlerweile über 100 Jahre alt sein müssen. Viel wahrscheinlicher war, dass die jetzigen Schwestern nach den Töchtern von William und Gwendolyn benannt worden waren. Dennoch hatten die Frosts auch nach mehreren Generationen nichts von ihrer unheimlichen Art eingebüßt. Bob konnte verstehen, weswegen sich die Hexengerüchte rund um die Familie so beharrlich gehalten hatten. Blieb jedoch die Frage, was das echte Geheimnis von Frostgrove war. Konnte es sein, dass Tanika und Savannah Frost die alte Schwarzbrennerei wieder in Betrieb genommen hatten?

Verwirrung und Verkleidung

Am frühen Abend trafen sich die drei ??? auf dem Schrottplatz in ihrer Zentrale. Bob berichtete von den Ergebnissen seiner Recherche.

»Das eröffnet ganz neue Blickwinkel auf den Fall!«, sagte Justus schließlich.

»Also, ich weiß nicht«, meinte Peter skeptisch. »Glaubst du, dass die Schwestern illegal Kräuterschnaps brennen und deshalb so einen Zauber veranstalten?«

Justus lehnte sich zurück. »Es ist bislang ja nur eine weitere Theorie, die wir überprüfen sollten.«

»Die Theorie erklärt aber noch nicht das, was Autumn gesehen hat«, warf Peter ein. »Eine Frau, die sich in einen Raben verwandelt hat, und dann den Hirsch und den Wolf, ausgerechnet am Todestag der alten Hexe!«

»Gut, dass du das erwähnst, Zweiter!« Bob blätterte in seinem Notizbuch und holte mehrere lose Zettel hervor, die er zwischen den Seiten aufbewahrt hatte. »Das hier sind Fotokopien, die ich im Museum machen durfte.« Er legte eines der Blätter auf den Tisch. »Schaut euch mal das Wappen der Familie Frost an.«

Justus und Peter betrachteten die Abbildung. Das Wappen war in drei Abschnitte unterteilt und zeigte einen Raben, einen Hirsch und eine Katze.

»Es ist leider eine Schwarz-Weiß-Kopie. Sonst könntet ihr erkennen, dass der weiße Hirsch ein rotes Geweih hat und die Katze grüne Augen. Das sind auch die Tiere, die im Buch von Maisie Morland vorkommen. Die alte Hexe kann sich in einen Raben verwandeln, während ihre Nichten zu einem Hirsch und einer Katze werden.«

»Mrs Morland wird eben ähnlich gründlich recherchiert haben wie du, Dritter«, gab Justus zu bedenken. »Dabei ist sie auf das Wappen gestoßen und hat sich der Bilder bedient. Wobei es logischer gewesen wäre, wenn sich die Nichte in eine Hirschkuh verwandelt hätte – oder der Neffe in einen Hirsch.«

»Logischer?«, echote Peter. »Wir sprechen hier von Zauberei.«

»Der Neffe kommt im Buch gar nicht vor«, unterbrach Bob die Diskussion. »Den gibt es nur im echten Leben. Außerdem geht es mir nicht um die Geschichte von Mrs Morland, sondern um das, was Autumn gesehen hat. Und das, was wir gesehen haben.«

»Einen Pflanzenmenschen?«, fragte Peter. »Was hat der mit dem Wappen zu tun?«

»Es geht um den Fehler!«, erklärte Justus wissend. »Bob will uns darauf hinweisen, dass uns zwar sowohl vom Raben als auch vom Hirsch berichtet wurde, aber die Katze taucht nicht auf. Stattdessen hat Autumn einen weißen Caniden gesehen, das Tier, das auch euch begegnet ist.«

»Richtig«, sagte Bob. »Wenn das Buch von Maisie Morland die Vorlage für den Spuk ist, hätte man eine silberne Katze nehmen müssen.«

»Warum also wurde aus der Katze ein Wolf beziehungsweise ein Hund?«, fragte Justus.

»Vielleicht ist unser Täter kurzsichtig«, gab Peter zu bedenken. »Oder er hatte keine Katze zur Hand.«

Bob lachte auf. »Also, wenn man es schafft, einen weißen Hirsch aufzutreiben, dann wird eine silberne Katze wohl kein echtes Problem darstellen.«

»Was den Hirsch und das Ereignis mit dem Raben angeht, sind wir auf Autumns Aussage beschränkt«, stellte der Erste Detektiv fest. »Wir wissen nicht, was sie tatsächlich gesehen hat und *ob* sie überhaupt etwas gesehen hat.«

»Warum sollte sie lügen?«, fragte Peter.

»Diese Frage kann ich dir noch nicht beantworten«, gestand Justus. »Wenn ich allerdings die Aussagen von Jesse, Autumn und den Kindern mit unseren eigenen Recherchen und Erlebnissen vergleiche, fällt auf, dass sich ein unstimmiges Gesamtbild ergibt.« Justus stand auf. »Wenn die beiden Frosts mit einem Spuk unerwünschte Besucher von den Gewächshäusern fernhalten wollen, gehen sie dabei eher chaotisch vor.«

»Mir raucht der Kopf!«, meinte Peter. »Pflanzenmenschen, falsche Wölfe, Wappentiere, Gewächshäuser und Hexen und jetzt auch noch die Sache mit der Schwarzbrennerei. Ich glaube, ich muss eine Nacht darüber schlafen.«

»Unstimmige Systeme weisen manchmal auf Fehler der Täter hin«, sagte Justus. »Aber manchmal sind sie auch ein Zeichen dafür, dass man die Fakten falsch interpretiert.«

»Wie meinst du das?«

»Ein Beispiel: Mrs Morland ist verschwunden. Zeitgleich taucht ein Pflanzenmensch auf, der die Statur einer Frau hat«, erklärte Justus. »Für Autumn war damit die Sache klar: Mrs Morland muss eine Pflanze sein. Andere Blickwinkel hat sie nicht in Betracht gezogen. Peter wiederum hat einen

Erdhaufen im Garten der Morlands gesehen und daraus geschlossen, dass Mrs Morland umgebracht wurde. Wir konnten jedoch belegen, dass Mrs Morland noch immer lebt, und zwar als Mensch. Da stellt sich die Frage, ob sie überhaupt in unseren Fall involviert ist.«

»Du meinst, sie ist aus ganz anderen Gründen abgetaucht?«, fragte Bob.

»Ich will keine voreiligen Schlüsse ziehen. Ich will euch nur erklären, dass nicht alle Beobachtungen auch notwendigerweise zu unserem Fall gehören. Hirsch und Hund gehören nicht automatisch mit dem Pflanzenmenschen zusammen. Mrs Morlands Buch muss nichts mit ihrem Verschwinden zu tun haben. Die Arbeiter aus den Gewächshäusern müssen nichts mit dem Spuk zu tun haben und der ›Dämon‹ muss nicht der Pflanzenmensch sein. Solange wir nicht wissen, wie alles zusammenhängt, müssen wir uns auf das beschränken, was wir belegen können.«

»Aber wie gehen wir dabei vor?«, wollte Bob wissen. »Sollen wir etwa in die Gewächshäuser einbrechen, um dort nach Spuren zu suchen?«

»Wer sagt denn, dass wir einbrechen müssen? Wir können uns auf dem Gelände doch einfach ganz offen umsehen.«

Am nächsten Tag hatten Justus und Bob früh Schulschluss. Peter und Jesse hingegen mussten wieder zum Basketballtraining. Das passte dem Zweiten Detektiv gut. Ihm gefiel das Gelände der Frosts ganz und gar nicht. Er legte keinen gesteigerten Wert darauf, den Schwestern und ihren dämonischen Mitbewohnern noch einmal nahe zu kommen.

Und für das, was Justus vorhatte, reichten zwei Personen sowieso aus. Bobs Aufgabe war es, mit einem Feldstecher an der Steinmauer auf der Lauer zu liegen und das Gelände zu überwachen, während Justus die Gewächshäuser inspizierte. Bob hatte sich gefragt, wie der Erste Detektiv das anstellen wollte. Wie so oft hatte Justus keine eindeutige Antwort gegeben und darauf verwiesen, dass Bob es schon rechtzeitig erfahren würde.

Die beiden Jungen waren um 15 Uhr auf dem Schrottplatz verabredet gewesen. Jetzt war es schon nach drei und von Justus war noch immer nichts zu sehen. Ein unscheinbarer grauer Ford Focus fuhr auf den Hof. Bob nahm kaum Notiz von dem Auto. Er saß auf einem alten Gartenstuhl in der Nähe der Freiluftwerkstatt und hoffte, dass Justus' Tante Mathilda ihn nicht bemerkte. Ein Junge, der einfach nur so herumsaß, war ihr ein Dorn im Auge. Gewiss hätte sie sofort eine Arbeit für ihn aufgetrieben. Während Bob nach Tante Mathilda Ausschau hielt, parkte der Wagen. Dann stieg ein beleibter Mann im Anzug aus. Zielstrebig ging er auf Bob zu, einen Aktenkoffer in der einen, ein Klemmbrett für Notizen in der anderen Hand. Seine hellbraunen Haare waren mit einem strengen Seitenscheitel frisiert und er trug einen sauber gestutzten Oberlippenbart. Durch eine Brille mit Metallgestell blickten Bob zwei stahlgraue Augen entgegen.

»Kann ich Ihnen helfen, Sir?«, fragte Bob, als der Mann keine zwei Meter vor ihm haltmachte und ihn durchdringend ansah.

»Ich bin George Ashton von der Umweltbehörde. Uns liegen Meldungen über verunreinigtes Grundwasser vor«, sagte der Mann mit heiserer Stimme. Er hatte einen leichten Ostküstenakzent.

Erst jetzt fiel Bob auf, dass der Mann einen eingeschweißten Ausweis trug, auf dem das Logo der Umweltbehörde zu sehen war – ein blaues Blatt auf weißem Hintergrund. Daneben die Buchstaben CalEPA, was für *California Environmental Protection Agency* stand.

»Ich fürchte, da müssen Sie sich an Mr oder Mrs Jonas wenden«, sagte Bob höflich.

»Nein, ich möchte schon mit dir sprechen, Dritter«, erwiderte der Mann.

»Mit mir?« Bob stutzte.

Der Mund des Mannes verzog sich zu einem breiten Grinsen. »Wir sollten jetzt losfahren. Immerhin haben wir eine Mission.«

»Justus?«, fragte Bob ungläubig.

»Justus Jonas, Erster Detektiv, in der Tat.«

»Sag bloß, du warst wieder bei Mr Grant?« Bob meinte einen Maskenbildner, der den drei ??? schon mehrfach geholfen hatte, wenn es um täuschend echte Verkleidungen ging.

»Er vollbringt doch immer wahre Wunder«, bemerkte Justus zufrieden. »Perücke, Bart, farbige Kontaktlinsen, falsche Nase und falsche Zähne – schon erkennt mich selbst mein guter alter Freund Bob Andrews nicht mehr.«

»Du hast vergessen, deine Schauspielkunst zu erwähnen«, sagte Bob beeindruckt. »Ich könnte jedenfalls nicht so überzeugend einen erwachsenen Mann mimen.«

»Wenn selbst du mich nicht sofort erkannt hast, werden es Savannah und Tanika Frost wohl erst recht nicht tun. Sie

haben mich nur ein einziges Mal gesehen, und das bei schlechter Beleuchtung.« Justus wies auf den Wagen. »Ich habe sogar ein passendes Auto organisiert – unscheinbar und geeignet für einen Mann vom Amt.«
»Etwa von der Autovermietung?«
»Nein, ein Freund von Onkel Titus hat ihn mir geliehen. Ich habe letzte Woche seinen Computer repariert. So konnte er sich auf diese Weise gleich revanchieren.«
Auf der Fahrt nach Frostgrove erklärte Justus seinem Freund den Plan. Er würde Bob an der Kreuzung absetzen und dann allein auf das Anwesen fahren. Dort würde er sich als Mitarbeiter der Behörde ausgeben, der wegen einer Verunreinigung des Grundwassers alle Höfe in der Gegend untersuchen müsse. Er würde Bodenproben entnehmen und Zutritt zu den Gewächshäusern erbitten. Bob sollte das Gelände überwachen und im Notfall Hilfe rufen. Dafür trug Justus am Handgelenk eine etwas klobige, silberne Uhr. Es handelte sich um ein Multifunktionsgerät, das der Erste Detektiv selbst aus einer ganz gewöhnlichen Armbanduhr entwickelt hatte. Neben der Krone zum Aufziehen gab es ein winziges Mikrofon, das hochwertige Aufnahmen an ein Empfängergerät sendete. Zudem befand sich im Innern der Uhr ein Peilsender. Die Uhr war bereits bei einem Fall der drei ??? erfolgreich im Einsatz gewesen.
Der Plan war gut. Aber er war nicht unfehlbar. Möglicherweise, so dachte Bob, wäre es doch unkomplizierter gewesen, heimlich in die Gewächshäuser einzusteigen.
Während Justus fuhr, rief Bob bei Peter an. Er wollte ihm wenigstens eine Nachricht auf der Mailbox hinterlassen. Nur

für den Fall, dass nicht alles nach Plan lief. Nach dem Anruf schaltete er sein Handy auf lautlos und holte eine olivgrüne Mütze aus seinem Rucksack. Der dritte Detektiv hatte sich für grüne und bräunliche Anziehsachen entschieden, um zwischen dem hohen Gras, den Büschen und den Bäumen möglichst wenig aufzufallen.

Am toten Baum hielt Justus an und ließ seinen Freund aussteigen. »Hier trennen sich unsere Wege.«

»Dann viel Erfolg.« Bob öffnete gedankenversunken die Beifahrertür und stieg aus dem Wagen. Er machte einen Schritt zurück. »Wir treffen uns dann –«

»He, pass auf!«

Bob fuhr erschrocken herum. Jesses große Schwester war auf einem altmodischen Damenrad unterwegs. Sie wich ihm mit einem ungelenken Schlenker aus und bremste.

»Hallo, Autumn«, meinte Bob überrascht.

»Willst du schon wieder zu Frostgrove?«, fragte sie mit belegter Stimme.

»Keine Sorge«, antwortete Justus leicht genervt durchs geöffnete Autofenster. »Wir werden schon nicht in Pflanzen verwandelt. Abgesehen davon haben wir jetzt wirklich keine Zeit. Wir reden später bei euch auf der Farm, okay?«

Autumn starrte ihn verwirrt an. »Kenne ich Sie?«

»Später!«, rief Justus und fuhr davon.

»Ein Bekannter von mir«, erklärte Bob hastig. »Und ich muss jetzt auch los. Man sieht sich!«

»Warte!« Autumn stieg vom Rad.

»Ich habe wirklich keine Zeit! Wir reden später!« Er hängte sich den Feldstecher um und machte sich auf den Weg querfeldein. Als er den verabredeten Platz an der Steinmauer erreichte, war Justus bereits mitten im Gespräch mit den Schwestern. Bob konnte ihn von seinem Versteck aus gut beobachten. Jetzt, am Tag, zwitscherten um ihn herum Vögel. Aber durch den Sender in der Uhr verstand er trotzdem, worum es auf dem Hof ging. Justus lief gerade zur Höchstform auf. Er klang unglaublich überzeugend und schaffte es offensichtlich, die Schwestern einzuschüchtern. Savannah duckte sich beinahe etwas unter seinem strengen Blick. Tanika nickte immer wieder. Alles lief nach Plan.

Peter ließ sich in der Umkleidekabine auf eine Bank fallen. Das Training war wieder einmal hart gewesen, aber Tong hatte sie früh gehen lassen. Er war zufrieden mit der Mannschaft und wollte sie so kurz vor dem wichtigen Spiel gegen die Laguna Lions nicht überanstrengen. Der Zweite Detektiv zog seine Sporttasche zu sich heran und wühlte nach seiner zweiten Trinkflasche. Die erste hatte er bereits während des Trainings leer getrunken. Dabei fiel sein Blick auf sein Handy. Bob hatte sich bei ihm melden wollen. Und Peter sah, dass eine Nachricht auf seiner Mailbox war. Nachdem er endlich seine Trinkflasche gefunden und einen großen Schluck genommen hatte, legte er sich ein Handtuch um die Schultern und hörte die Nachricht ab. »Das kann doch nicht wahr sein!«, entfuhr es ihm.

Jesse kam auf ihn zu, ebenfalls eine Trinkflasche in der Hand. »Alles klar bei dir?«

»Justus ist mal wieder viel zu leichtsinnig! Er will einfach auf das Gelände der Frosts marschieren und die Schwestern dazu bringen, ihm die Gewächshäuser zu zeigen. Das natürlich alles mit einem Bluff.«

»Klingt gut!«, meinte Jesse.

»Gut? Und wenn die ihn durchschauen? Was ist dann? Den Mut, den ich zu wenig habe, hat er definitiv zu viel. Eine gesunde Portion Angst täte ihm wirklich ganz gut!«

»Mensch, Peter, da wird schon nichts passieren. Justus macht das bestimmt großartig. Und was sollen ihm die Frosts antun? Ihn in eine Pflanze verwandeln?«

Im Haus der Mitternacht

Justus hatte es tatsächlich geschafft, die Gewächshäuser zu betreten. Während die Schwestern ihn durch das feuchtwarme »Haus des Wassers« führten, sah er sich mit Argusaugen um. Neben zahlreichen kleinen Becken voller Schwimmpflanzen, Wasserpest, Binsen und Sumpfgewächsen gab es auch einen kleinen Wasserfall, der über Natursteine sprudelte und in einen Seerosenteich mündete. Dahinter lag offenbar ein Salzwasserbecken, in dem Mangroven standen. Alles war perfekt instand gehalten. Justus vermutete, dass es sehr aufwendig war, dieses Gewächshaus zu pflegen. Tatsächlich erklärte Tanika ihm, dass sie regelmäßig Wasserproben entnahmen. »Wir achten natürlich auf den pH-Wert. Wir wollen ja, dass sich die Pflanzen wohlfühlen.« Dann sprach sie ausführlich über die Wasserversorgung und das Abwassersystem der Becken. Justus holte unterdessen ein paar Plastikbehälter aus seinem Koffer und entnahm selbst Stichproben, die er mit einem Kugelschreiber beschriftete. »Wir werden das überprüfen.«

»Unser Wasser ist in Ordnung, das werden Sie sehen!«

»Sie haben Bodenplatten aus Beton«, wechselte der Erste Detektiv das Thema und machte einen Haken auf seinem Klemmbrett. »Das ist gut. So können die Insektengifte nicht in die Erde sickern.«

»Wir verwenden sowieso keine chemischen Pestizide!«, versicherte Tanika. »Wir stellen Brennnesseljauche her oder nutzen Grüne Seife gegen Blattläuse. Ansonsten kommen noch

unterschiedliche Pflanzen zum Einsatz, die sich gegen Schädlingsbefall bewährt haben.«
Justus warf ihr einen strengen Blick durch seine Brille zu. »Gute Frau, es ist schön, dass Sie mir das verbal versichern, aber ich würde mich davon gern selbst überzeugen.«
Nachdem Justus sich ausführlich umgesehen hatte, ging es in das »Haus der Gesundheit«. Es war deutlich weniger spektakulär als das »Haus des Wassers«. Hier gab es hauptsächlich Pflanztische mit Heilkräutern. Justus sah sich ebenfalls gründlich um und machte wieder ein paar Haken auf seinem Klemmbrett. Schließlich ging es in das letzte Gewächshaus – das »Haus der Mitternacht«. Der Erste Detektiv erblickte Engelstrompeten, Wunderblumen, Nachtviolen und viele Pflanzen, die sogar er nicht zuordnen konnte. Die Blüten waren jetzt, am Tag, geschlossen. Aber auch »schlafend« boten sie einen schönen Anblick. Die Beete waren mit Natursteinen umrahmt. In einigen von ihnen standen Statuen oder Metallstäbe mit Laternen. Auf einem Blatt saß ein großer Falter. Vermutlich wimmelte es hier nach Anbruch der Dunkelheit von Nachtschwärmern und anderen Insekten.
»Erstaunlich, dass Sie das alles allein pflegen«, sagte Justus.
»Wir schrecken vor Arbeit nicht zurück«, meinte Tanika nur. Der Erste Detektiv nickte beiläufig. Dabei warf er einen unauffälligen Blick auf Savannahs Hände. Auch heute waren sie wieder ausgesprochen gepflegt.
Justus ging in die Hocke und inspizierte den Gang, der zwischen den Beeten durchs Gewächshaus führte. »Gibt es Schäden in den Bodenplatten oder haben Sie irgendwelche Siele? Vielleicht sogar einen Keller?«

»Nein!«, sagte Tanika eine Spur zu schnell und zu heftig. Savannah drehte sich kurz zu ihrer Schwester um, als wollte sie Tanika warnen. Justus hatte das Gefühl, auf der richtigen Spur zu sein. »Der Behörde liegen alte Baupläne vor, nach denen hier im 19. Jahrhundert Weinkeller angelegt waren. Sollten in den baufälligen Überresten der alten Keller Düngemittel gelagert werden, könnte es zu einer verheerenden Verunreinigung des Wassers kommen.«
»Das Weingut ist vor über hundert Jahren geschlossen worden«, berichtete Tanika – nun mit ruhiger Stimme. »Die alten Keller wurden mit Sand und Erde aufgefüllt.«
Justus wollte gerade etwas entgegnen, als er hörte, wie ein Wagen auf dem Hof parkte.
»Kundschaft«, sagte Savannah. »Ich muss in den Laden.«
Justus machte eine gönnerhafte Geste. »Ich brauche Sie nicht beide an meiner Seite.«
Während Savannah zum Laden eilte, beteuerte Tanika erneut, dass sie keine Umweltgifte einsetzten und bei ihnen alles ganz biologisch und umweltfreundlich ablief. Dabei hatte Justus zunehmend das Gefühl, dass sie ihn loswerden wollte. Seit sie das »Haus der Mitternacht« betreten hatten, war Tanika Frost wie unter Strom. Gerade klopfte sie immer wieder mit den Händen auf ihre grüne Hose. Als sie es bemerkte, verschränkte sie die Arme hinter dem Rücken.
Der Erste Detektiv musterte den Boden. Hier war keine Luke zu entdecken. Kein Einstieg in ein Kellersystem, kein Schacht, keine Treppe. Nur Pflanzen. Lange Ranken, fleischige Blätter, kleine Knospen und ein riesiges Büschel Nachtkerzen mit leuchtend gelben Blüten. Durch das Glas-

dach fielen einzelne Sonnenstrahlen auf die Pflanzen und hinterließen helle Flecken. Der Anblick war durchaus idyllisch. Aber etwas stimmte nicht. Justus kam nur nicht darauf, was es war. Bevor er weitergrübeln konnte, kam Savannah zurück, den jungen blonden Mann aus der Oceano Avenue im Schlepptau.

»Dennis Frost«, stellte er sich vor und gab Justus einen festen Händedruck. »Und Sie sind von der Umweltbehörde?«

Der Erste Detektiv spulte ruhig die ganze Erklärung mit dem Grundwasser herunter.

»Wir hatten erst kürzlich mit Ihrem Kollegen Mr Snyder zu tun«, sagte Dennis Frost in unverbindlichem Plauderton. »Warum ist *er* heute nicht gekommen?«

»Hm«, machte Justus knapp. War das eine Fangfrage? Gab es wirklich einen Mr Snyder in der Behörde? Er beschloss, so ausweichend wie möglich zu antworten.

»Ich habe bis vor zwei Monaten noch an der Ostküste gearbeitet. Aber jetzt bin ich für diesen Bereich zuständig.« Justus sah auf seine Uhr. »Mein nächster Termin steht an. Sie werden aber auf jeden Fall von den Ergebnissen der Wasser- und Erdproben hören.« Justus fuhr sich mit der Hand über die Stirn. Die schwüle Gewächshausluft war nicht gerade angenehm. Er bemerkte, dass sich unter dem falschen Bart feine Schweißperlen bildeten. Hoffentlich hielt die Verkleidung so lange, bis er sicher im Wagen war.

»Ich bringe Sie hinaus«, sagte Mr Frost. Er lächelte freundlich, doch etwas in seiner Stimme war eiskalt. Justus klappte sein Klemmbrett zu und verabschiedete sich von den Schwestern. Dann warf er noch einen unauffälligen Blick auf die

Nachtkerzen. Jetzt wusste er, was ihn irritiert hatte! Die Pflanzen blühten – mitten im Sonnenlicht. Und doch schwirrte nicht ein einziges Insekt um die Blumen herum. Außerdem waren die Blätter zu gleichförmig. Keines von ihnen war welk oder verfärbt. Und auch die Stängel waren erstaunlich gerade. Diese Pflanzen konnten nicht echt sein! Hatten die Frosts etwa künstliche Blumen verwendet, um etwas am Boden zu verstecken? Eine Luke oder einen Luftschacht? Die falschen Nachtkerzen deckten jedenfalls ziemlich genau ein Quadrat von rund 1,5 mal 1,5 Meter ab. Keine Frage, die gelben Schönheiten verbargen ein Geheimnis.

»Kommen Sie?« Mr Frost sah Justus ungeduldig an.

»Gewiss doch.« Der verkleidete Erste Detektiv machte einen unsicheren Schritt und stolperte über eine Beetkante aus groben Steinen. Das Klemmbrett flog im hohen Bogen in eine Staude neben den Nachtkerzen.

»Uff«, schnaufte Justus und tat so, als habe er sich ordentlich gestoßen. Dabei lief alles genau nach Plan. Die Frosts schienen nicht bemerkt zu haben, dass er extra gestürzt war. Umständlich stand er auf und klopfte sich den Staub vom Anzug. Dann bückte er sich über die Blumen und hob das Klemmbrett auf. Unbemerkt von Tanika, Savannah und ihrem Bruder streifte er seine Uhr vom Handgelenk. Sie verschwand im dichten Grün der Blätter. Als er wieder hochkam, rutschte der Bart ein Stück näher an seine Oberlippe heran. Justus täuschte ein Husten vor, hielt die geschlossene Faust vor den Mund und presste den Bart fest. Er hoffte inständig, dass niemand etwas bemerkt hatte.

Bob hörte über den Empfänger, wie Justus' Stimme leiser wurde. Er entfernte sich offenbar von der Uhr. Gedämpft konnte er Tanika und Savannah hören.
»Der war mir nicht geheuer«, sagte eine der Schwestern. Bob vermutete, dass es sich um Savannah handelte.
»Etwas stimmte mit dem nicht.«
»Er ist ja zum Glück gegangen. Ich hoffe, dass er sich nicht so bald wieder blicken lässt. Geh zurück in den Laden. Ich spreche mit Dennis.«
Bob spähte vorsichtig über die Mauer. Dennis Frost schüttelte gerade Justus' Hand. Da vibrierte etwas in seiner Hosentasche. Bob zückte sein Handy. Er hatte eine SMS von Peter bekommen. *»Seid bloß vorsichtig! Im Notfall lieber Polizei rufen. Sind schon unterwegs. In einer halben Stunde bei Jesse? Peter.«*
Bob sah noch einmal über die Mauer und tippte dann: *»Mission läuft erfolgreich. Mikro in Gewächshaus versteckt. Können über Empfänger abhören. Dennis Frost scheint in Fall verwickelt. Kommen gleich rüber zu euch.«*
Kaum hatte er auf »Senden« gedrückt, als etwas Großes, Grünes auf ihn zuschoss. Es prallte mit voller Wucht gegen ihn. Beinahe gleichzeitig hörte Bob den Ersten Detektiv auf dem Hof aufschreien. Dann presste eine dunkelgrüne Pranke ihm etwas auf den Mund. Bob wurde schwindelig. Seine Arme griffen ins Leere. Dann sank er in einen tiefen Schlaf. Er merkte nicht mehr, wie das Wesen ihn davonschleifte.

Im Versteck

»Just?« Bob tastete sich durch feuchtkalte Dunkelheit.
»Hier bin ich.« Justus ächzte. »Dennis Frost hat mich niedergeschlagen!«
»Und mich hat der Pflanzenmensch mit einem Betäubungsmittel erwischt.«
»Hast du dein Handy noch?«, fragte Justus leise.
Bob tastete seine Hose ab. Da war nichts. Er hatte das Handy bestimmt bei dem Zusammenprall mit dem Monster fallen lassen. Und den Empfänger für die Uhr hatte er ins Gras gelegt, während er die SMS getippt hatte. »Ich habe nichts mehr bei mir.«
»Meines haben sie mir abgenommen«, nuschelte Justus zerknirscht. Seine falschen Zähne saßen locker. Er nahm sie aus dem Mund. Dann entledigte er sich auch des falschen Bartes, der Nase und der Kontaktlinsen. Seine Tarnung war sowieso aufgeflogen und störte ihn nur.
»Weißt du, wo wir sind, Just?« Bob sah sich um. Langsam hatten sich seine Augen an die Dunkelheit gewöhnt. Dünne Fäden aus rötlichem Licht schienen durch die Ritzen einer Tür. Gerade hell genug, um ein kleines Stück des Bodens zu beleuchten.
»Ich war ganz benommen von dem Schlag, den mir Dennis Frost versetzt hat«, gab Justus zu. »Da habe ich kaum etwas mitbekommen. Aber der Raum lässt gewisse Rückschlüsse zu. Die Wände sind aus grobem Stein, das Raumklima passt zu einem Keller oder einer Höhle. Wenn wir deine Recher-

chen berücksichtigen, würde ich sagen, dass wir uns in einem der alten Weinkeller unter der Gärtnerei befinden.«

»Und wieso haben die uns angegriffen? Es lief doch alles so gut?«

Justus zögerte kurz, bevor er sprach. »Jemand muss dich beobachtet haben. Vielleicht einer von den Leuten, die wir gestern Abend im Gewächshaus gesehen haben. Abgesehen davon ist mein falscher Bart verrutscht. Ich fürchte, dass Dennis Frost das bemerkt hat.« Er räusperte sich. »Aber jetzt wissen wir wenigstens, dass die Schwestern, der Pflanzenmensch und Dennis Frost unter einer Decke stecken.«

»Ich habe ihn zuerst für einen normalen Kunden gehalten«, berichtete Bob. »Was für ein Pech, dass er gerade aufkreuzte, als du im Gewächshaus warst.«

»Ich weiß nicht, ob das ein Zufall war oder ob jemand ihn gewarnt hat«, überlegte Justus. »Eventuell habe ich eine Erklärung, die auch gleich ein paar andere Fragen beantworten würde. Da ich meine Theorie momentan aber noch nicht belegen kann, möchte ich sie für mich behalten.«

»Wie du meinst.« Bob zuckte die Achseln. »Vorerst reicht es mir, wenn du eine Idee hast, wie wir hier herauskommen!«

Statt zu antworten, stand der Erste Detektiv auf und tastete sich an den Wänden entlang. Hin und wieder hörte Bob von ihm ein »Hm« oder ein »Aha«. Er wurde schon ungeduldig, als Justus sich endlich wieder zu Wort meldete. »Wir sind in einem kleinen Raum, vermutlich ein Nebenkeller oder eine Kammer. Es gibt kein Fenster und nur diese eine Tür. Allerdings scheint es sich um eine alte Holztür aus der Zeit des Weinguts zu handeln. Die Bretter sind ganz verzogen.«

»Das sehe ich auch«, meinte Bob. Er versuchte, zwischen den einzelnen Planken hindurchzulinsen. Viel konnte er jedoch nicht erkennen. »Meinst du, das Ding ist morsch genug, um es zu Kleinholz zu zerlegen?«
»Ich würde zunächst eine unauffälligere Methode bevorzugen.« Justus wühlte in seiner Tasche. »Diese Tür hat kein Schloss, nur außen einen Riegel. Wenn wir Glück haben, ist er einer von der Sorte, die man hoch- und runterklappen kann.«
»Und wie willst du das prüfen?«
»Mit meinem Führerschein.« Justus hatte die Plastikkarte gefunden und steckte sie in den äußersten Spalt. Dann schob er die Karte vorsichtig nach oben. Ein rostiges Quietschen erklang. Die Tür knarrte. Bob hielt die Luft an.
»Es klappt!«, freute sich Justus leise. Dennoch brauchte er eine ganze Weile, bis er den Riegel hoch genug gehoben hatte und die Tür aufziehen konnte.
»Wir sind frei!«, flüsterte Bob.
»Noch nicht«, gab Justus zurück. »Aber wir sind immerhin einen Schritt weiter.«
Die Jungen befanden sich auf einem langen Flur, der in weiten Abständen mit schwachen, rötlichen Lampen beleuchtet war. Es gab drei weitere Türen und einen Gang, der vom Flur abzweigte.
»Wohin jetzt?«, wollte Bob wissen.
Justus lauschte. »Ich höre mehrere Stimmen. Sie kommen von dort.« Er deutete auf die hinterste Tür. »Also sollten wir uns lieber in die andere Richtung bewegen.«
Der Gang erwies sich leider als Sackgasse. Schon nach weni-

gen Schritten kam man an einen Haufen Geröll, der den Weg komplett versperrte. Offenbar war an dieser Stelle vor vielen Jahren die Decke eingestürzt. Die Jungen kehrten wieder um und öffneten vorsichtig die Tür, die direkt neben ihrem Gefängnis lag. Ein blumiger Geruch, wie von einem Parfum schlug ihnen entgegen. Justus ertastete einen Lichtschalter. Kurz darauf flackerte eine kleine Lampe an der Decke auf.

»Ein Schlafraum!«, sagte Bob überrascht. Er blickte auf ein Feldbett, ein schmales Bücherregal und einen aufgeklappten Koffer mit Kleidern. »Hier lebt jemand!«

»Eine Frau.« Justus deutete auf die Sachen im Koffer. Von ihnen ging der Parfumgeruch aus.

»Sieh einer an!« Bob pfiff leise durch die Zähne. Auf einem Hocker lag eine Tarnfleckhose, darüber eine Art grüner Leinensack, der mit Blättern, Moos und kleinen Ästen beklebt war.

»Wir sind mitten im Versteck des Pflanzenmenschen!«

»Das könnte uns weiterbringen!« Bob hatte sich weiter umgesehen und eine kleine Lederhandtasche entdeckt. Eilig begann er, darin zu wühlen. Seine zitternden Finger fanden ein Handy und eine Brieftasche. »Wir können Hilfe rufen!« Bob reichte Justus die Brieftasche und untersuchte das Handy. Es war eingeschaltet. Er würde also keine PIN brauchen. Allerdings war der Akku fast aufgebraucht.

»Und?«, fragte Justus hoffnungsvoll.

»Kein Netz!«

Justus reagierte nicht. Er hatte in der Tasche einen Führerschein gefunden. »Jane Thompson! Die Frau war immer wieder in den Nachrichten! Sie und ihre beiden Komplizen Sam Gardener und Tyler Stone werden landesweit wegen einer Serie von Bankrauben gesucht! Sie gilt als gefährlich!«

Bob sah seinen Freund beunruhigt an. »Dann sollten wir schnellstens aus diesem Kellerraum heraus! Hier kommen wir nicht weiter.«

Angespannt eilten sie zur nächsten Tür. Bob hoffte inständig, dass dahinter eine Treppe nach oben lag. Doch er wurde enttäuscht. Es handelte sich lediglich um einen etwas größeren Schlafraum. Dieses Mal mit zwei Betten.

»Und jetzt? Hinter der letzten Tür sitzen Dennis Frost und seine Kumpane.«

»Wir werden einen Ausweg finden. Vielleicht gibt es hier etwas, das uns weiterhilft.« Justus betrat den Raum, zog seinen Freund mit sich und schloss die Tür hinter ihnen.

»Ich sehe hier nichts, was man zum Angriff einsetzen könnte.« Bobs Blick glitt über zwei weitere Koffer, zwei Stapel mit olivgrünen Anziehsachen, Gummistiefel, Teile von weiteren Pflanzenkostümen, eine Wolldecke am Boden, eine Metallschale und ein paar leere Getränkedosen.

»Weiße Haare!« Justus bückte sich, hob die Decke vom Boden auf und roch daran. Dabei verzog er das Gesicht.

»Was?«

»An dieser Decke hängen weiße Haare. Eindeutig Tierfell. Hinzu kommen ein unangenehmer Hundegeruch sowie die Anwesenheit eines Trinknapfes. Keine Frage: Hier hat ein Hund gelebt.«

»Hat gelebt? Woraus schließt du denn, dass er jetzt weg ist? Er könnte doch auch bei den Leuten sein.«

»Das Wasser in dem Napf ist abgestanden. Es hat sich sogar eine Staubschicht darauf gebildet. Der Boden darum herum ist trocken. Hier hat seit Tagen kein Hund mehr getrunken. Die Decke lag zusammengefaltet am Boden. Jemand hat sie beiseitegeräumt, weil sie nicht benutzt wird.«

»Schön, aber das hilft uns doch jetzt nicht!«, sagte Bob gepresst.

»Es erklärt, woher der weiße Canide kam. Ich schätze mal, dass er hier ausgebrochen ist.« Justus legte die Decke wieder auf den Boden. »Und wenn ich mich nicht komplett irre, hört er auf den Namen ›Dämon‹.«

Bob staunte nicht schlecht. »Wie kommst du darauf?«

»Daher.« Justus hielt ein Brustgeschirr hoch. Es war eines von diesen Teilen, bei denen man Reflektoren oder kurze Texte an den Seiten befestigen konnte. Dieses trug einen Aufkleber mit der Aufschrift »DÄMON«.

»Dämon ist also ein Hund und gehört den Leuten, die hier heimlich wohnen.« Bob lief nervös auf und ab. »Aber wie kommen wir hier raus?«

Draußen auf dem Flur knarrte eine Tür. Entsetzt sahen sich Justus und Bob an. Mit einem Satz war der dritte Detektiv beim Lichtschalter. Im Dunkeln krochen die Jungen so leise wie möglich unter die Feldbetten.

Im Flur erklangen unterdessen die Stimmen von mehreren Leuten. »Das kann doch nicht wahr sein!«

»Ich hatte die Jungs dort eingesperrt. In dem leeren Lagerraum. Die müssen sich selbst befreit haben«, rief Dennis Frost aufgebracht.

»Ich dachte, Sie hätten hier alles im Griff! Und jetzt haben wir diese Halbstarken am Hals«, schimpfte eine fremde Männerstimme.

»Wenn Ihr Komplize sich an die Regeln gehalten hätte, wäre der große Everett-Junge nie misstrauisch geworden. Er hätte das Gelände niemals verlassen dürfen. Und Sie auch nicht, Miss Thompson.«

»Ist doch egal«, kam es scharf von einer Frau. »Die Jungen können nicht weit sein. Los, sucht alles ab!«

Keine zehn Sekunden später wurde die Tür aufgerissen.

Ertappt!

»Immer noch keine Nachricht?« Jesse setzte sich neben Peter auf einen Strohballen.

Der Zweite Detektiv schickte gerade die vierte SMS ab. Weder Justus noch Bob hatten ihm bislang geantwortet.

»Ich dachte, die Mission war erfolgreich und sie wollten hierherkommen.«

»Genau das hat Bob geschrieben«, bestätigte Peter.

»Merkwürdig, dass sie sich nicht melden. Ob ihnen etwas passiert ist?« Jesse sah besorgt aus. »Sollen wir die Polizei rufen?«

Peter seufzte. »Und was sagen wir denen? Dass unsere Freunde ein paar Minuten zu spät sind und wir uns deshalb gleich Sorgen machen? Wir können die Polizisten ja schlecht darum bitten, dass sie auf gut Glück die Gewächshäuser durchsuchen. Und die Geschichte mit dem Pflanzenmenschen, den Hexen und dem Wolfswesen wird mir selbst Inspektor Cotta nicht abnehmen. Schon gar nicht nach meinem letzten Auftritt.«

Jesse stand wieder auf. »Dann fahren wir eben hin und sehen selbst nach.«

»Ich weiß nicht.« Peter zögerte. »Eine kopflose Aktion könnte Justus und Bob erst recht in Gefahr bringen. Wir brauchen einen Plan. Aber dafür ist normalerweise Justus zuständig.«

»Dann sollen wir hier herumsitzen und warten?«

»Nein, wir werden telefonieren.«

Zehn Minuten später saß Peter an Jesses Schreibtisch und hielt das schnurlose Telefon der Everetts an sein Ohr. Nach drei Freizeichen meldete sich eine weibliche Stimme. »Hallo?«
»Peter Shaw, guten Tag!« Der Zweite Detektiv war plötzlich nicht mehr sicher, ob seine Idee so gut war. Er hatte bei Miss Bennett in der Bibliothek angerufen und sich die Nummer von Maisie Morland geben lassen. Jetzt hatte er sie offensichtlich am Apparat. Er hoffte, dass sie mehr über den Fall wusste. Aber was war, wenn sie selbst hinter allem steckte? Diese Idee war Peter bisher noch gar nicht gekommen.
»Mr Shaw?«
»Äh, ja«, meldete sich Peter rasch wieder zu Wort.
»Weswegen rufen Sie an?«
»Sind Sie Maisie Morland?«
Eine kurze Stille in der Leitung, dann ein zögerliches »Ja?«. Der Zweite Detektiv atmete tief durch.

Das Licht wurde angemacht. Von seinem Versteck unter dem Feldbett aus konnte Bob den Rocksaum eines Kleides erkennen. »Hier ist niemand«, erklang die sanfte Stimme von Savannah.
Das Licht wurde ausgeknipst. Die Tür wurde zugeschlagen. Bob atmete erleichtert auf. Fürs Erste waren sie Dennis Frost und den anderen entkommen. Doch wie kamen sie aus den Weinkellern heraus?
Die Tür ging wieder auf, das Licht wieder an. »Die Jungs können sich doch nicht in Luft aufgelöst haben. Haben Sie auch überall geguckt?« Zierliche schwarze Turnschuhe tauchten im Blickfeld der Jungen auf.

»Ich sehe noch mal nach.« Der Rocksaum von Savannah kam näher. Bob presste sich an die kalte Steinwand hinter ihm, als ob das etwas nützte. Schon bückte sich die Frau und schaute dem dritten Detektiv direkt ins Gesicht. Er sah in ihre flackernden, hellen Augen. Es war beinahe, als würde er den Blick eines wilden Tiers erwidern.

»Nichts«, sagte Savannah. Sie sah auch noch unter Justus' Bett, dann richtete sie sich wieder auf. »Vielleicht haben sie das Geröll im Flur weggeräumt? Dahinter liegt ein Gang, der in ein Brombeergestrüpp hinter der Villa mündet.«

»Könnten die Jungen da so schnell etwas freigeräumt haben?«, fragte die andere Frauenstimme.

»Vielleicht«, gab Savannah zurück. »Wir sollten unbedingt nachsehen.«

Erneut wurde das Licht gelöscht und die Tür geschlossen. Bob und Justus blieben im Dunkeln liegen. Beide dachten darüber nach, was eben passiert war. Savannah hatte sie gesehen. Und doch hatte sie nicht verraten, wo die Jungen sich versteckten. Und noch etwas: Sie hatte ihnen zu verstehen gegeben, dass es einen weiteren Weg nach draußen gab!

Peter legte den Hörer auf. Während er noch über das Gespräch nachdachte, knarrte auf dem Flur ein Dielenbrett. Mit drei raschen Schritten war Peter bei der Tür und riss sie auf. Autumn Everett stolperte erschrocken zurück.

»Ich … also …«

»Komm ruhig rein!« Peter deutete in Jesses Zimmer.

»Ich habe es aber ganz eilig!« Autumn wandte sich zum Gehen.

»Wir würden gern mit dir sprechen. Jetzt.«
»Mit Autumn?« Jesse sah verwirrt aus.
»Und ob. Aber ich kann auch die Polizei rufen.«
Bei diesen Worten lief Autumn rosa an. »Nein. Schon gut, ich habe noch ein paar Minuten Zeit.« Sie trat unsicher in Jesses Zimmer. »Was ist denn?«
Peter sah sie forschend an. »Stimmt es, dass du in Dennis Frost verliebt bist?«
»Also wirklich, das ist … ja …«, stammelte Jesses große Schwester. »Was geht dich das an?«
»Du hast behauptet, dass du mit Maisie Morland über die seltsamen Dinge gesprochen hast, die du beobachtet hast. Dass sie deine Vertraute gewesen ist.«
»Ja, das war sie.«
»Stimmt, früher. Aber von Tiermenschen hast du ihr nie berichtet. Dafür hast du mit ihr immer wieder über Dennis Frost gesprochen und darüber, dass er deine Gefühle nicht erwidert.«
Autumn lief nun vollständig rot an.
»Ich habe vielleicht Angst vor Geistern«, gab Peter zu, »aber deine Geschichten waren so dick aufgetragen, dass selbst ich Zweifel bekam.«
»Ich habe das aber gesehen! Den Hirsch, den Wolf. Alles!«
»Das stimmt nicht«, rief Peter aufgebracht. »Du hast uns angelogen. Um Dennis Frost zu schützen! Bob hat mir per SMS geschrieben, dass er in den Fall verwickelt ist.«
»Nein, das ist er nicht!«
»Doch, ist er! Und du hast alles darangesetzt, uns von Frostgrove fernzuhalten.«

»Autumn!« Jesse sah seine Schwester entgeistert an. »Wie konntest du mir solche gigantischen Lügen auftischen?«
Sie sah zu Boden. »Ich wollte doch Dennis helfen und da kam mir die Idee mit dem Spuk!«
»Erzähl uns alles, was du weißt!«, forderte Peter eindringlich. »Du hast versucht, den Mann, den du liebst, zu schützen. Das ist okay. Aber du kannst nicht zulassen, dass Justus und Bob ernsthaft in Gefahr geraten!«
Eine Träne rann ihre Wange hinab.
»Autumn«, sagte Jesse erneut. »Bitte! Mit so einer Schuld könntest du nicht leben!«

Auf dem Flur war es wieder still. Justus und Bob wagten sich jedoch nicht gleich aus ihrem Versteck. Der dritte Detektiv tippte eine SMS. Wenn sie tatsächlich am Geröll vorbei nach draußen kamen, wollte er so schnell wie möglich die Polizei anrufen. Aber zur Sicherheit wollte er auch noch Peter informieren. Die SMS konnte er abschicken, sobald er ein Netz hatte.
Als draußen alles ruhig blieb, krochen die Jungen unter den Betten hervor und öffneten vorsichtig die Tür. Die anderen Türen waren geschlossen, der Gang leer. Mit klopfenden Herzen schlichen sie zu der Abzweigung mit dem Geröll. Dort hatten Dennis Frost und die anderen ein paar Gesteinsbrocken zur Seite gerollt. Vermutlich um nachzuschauen, ob sich die Jungen dahinter versteckt hatten. Zwischen dem Schutt und den Steinen war nun ein schmaler Durchlass zu erkennen. Gerade breit genug, damit der schmal gebaute Bob hindurchkriechen konnte.

»Da komme ich aber niemals durch«, stellte Justus missmutig fest und strich sich betrübt über seine runde Körpermitte. »Am besten, du gehst allein und folgst dem Gang. Draußen hast du bestimmt Empfang und kannst Hilfe holen. Ich verstecke mich solange wieder unter dem Feldbett.«
Mit gemischten Gefühlen stieg Bob in den dunklen Gang. Schon nach wenigen Metern befand er sich in kompletter Finsternis. Er tastete sich mühsam voran. Das Handy wollte er lieber noch nicht als Lichtquelle benutzen. Er brauchte den restlichen Akku für das Senden der SMS und das Telefonat mit der Polizei. Nach einer gefühlten Ewigkeit spürte Bob endlich Stufen unter seinen Füßen. Es ging aufwärts. Er atmete erleichtert auf. Schritt für Schritt näherte er sich der Oberfläche. Als er mit dem Kopf an ein Hindernis stieß, hielt er inne. Seine Hände ertasteten eine Luke. Da war ein verrosteter Griff. Bob kam es vor, als würde er Stunden brauchen, um die Luke zu öffnen. Seine Finger zitterten. Doch endlich bewegte sich etwas. Warmes Abendlicht fiel auf sein Gesicht. Er stieg hinaus an die frische Luft. Um ihn herum wuchsen dornige Brombeerranken. Doch das störte ihn jetzt nicht. Bob zog das Handy aus der Tasche. Auf dem Display befand sich noch die SMS an Peter – und die Anzeige, dass er endlich Empfang hatte.
»Stopp!« Das Handy wurde ihm aus der Hand gerissen, als er gerade auf »Senden« drückte. Dann packte ihn jemand am Arm. »Du hast wohl gedacht, du kommst so einfach hier heraus!«
Bob drehte sich um und sah in das Gesicht einer Frau. Sie trug dunkelgrüne Sachen und einen Helm mit Blättern, bei-

nahe wie jemand vom Militär. »Wo ist dein Freund?«
»Der holt gerade Hilfe!«, log Bob.
»Lügner!«, zischte die Frau. »Los. Zurück in das Loch!«

»Hier habe ich Bob erwischt!« Autumn deutete auf die Steinmauer. »Ich habe mich als Pflanzenmensch verkleidet und ihn mit Chloroform betäubt, aber sonst habe ich ihm nichts angetan. Es geht ihm bestimmt gut!«
»Gut?« Peter schnaubte. »Die halten ihn da irgendwo gefangen. Weißt du wirklich nicht, wo der Eingang ist?«
»Ehrenwort!«, antwortete Autumn.
»Wir müssen die Polizei holen!« Jesse spähte nervös über die Mauer. »Das ist doch eine Spur zu groß für uns!«
»Nein«, platzte Autumn heraus. »Keine Polizei! Die Leute dort sind nicht gefährlich. Es sind arme Flüchtlinge!«
»Ja, schon gut«, lenkte Jesse ein. »Aber trotzdem ist es ein starkes Stück, dass du diesen ganzen Pflanzen-Spuk ins Leben gerufen hast! Und ich verstehe immer noch nicht ganz, wie es überhaupt dazu gekommen ist.«
»Für weitere Erklärungen haben wir jetzt keine Zeit!« Peter suchte den Boden und die Steine der Mauer nach Zeichen von Bob ab. Manchmal hinterließen sich die drei ??? Hinweise mit Kreide. Sie hatten für diesen Fall immer farbige Kreidestücke dabei. Aber hier war keine Kreide. Dafür fand Peter etwas anderes. Mitten im Gras lag der Empfänger für die Uhr. Er war eingeschaltet. Der Zweite Detektiv hob ihn auf und hielt ihn ans Ohr. Da waren mehrere Stimmen. Es klang so, als wären sie weit entfernt. Statt einzelner Worte vernahm Peter nur ein Raunen und Murmeln. Er lauschte

angestrengt. Wenn er doch nur hören könnte, was gesprochen wurde! Da vibrierte etwas in seiner Tasche. Er ließ den Empfänger sinken und fischte das Handy aus seiner Hose.

»Was ist?«, fragte Jesse.

»Eine SMS – von einer unbekannten Nummer!« Peter starrte auf das Display. Da stand: *»D. Frost hat uns erwischt! Bankräuber versteckt im alten Weinkeller unter Gewächshaus. Nutze ihr Handy. Flucht durch Tunnel. Will Polizei rufen. Savannah gut!? Bob.«*

Peter las den beiden anderen die SMS vor.

Autumn schnaubte. »Bankräuber? Niemals!«

»Jesse, bitte bring deine Schwester zurück zur Farm«, sagte der Zweite Detektiv angespannt. »Bleib in der Nähe des Telefons – nur für den Fall.«

»Aber was willst du tun?« Jesse sah Peter verunsichert an.

»Ich übernehme das hier jetzt.«

Peter greift ein

Der Zweite Detektiv hörte ein Knarren und Quietschen. Er hielt den Empfänger dichter an sein Ohr und presste sich mit dem Rücken gegen die Steinmauer. Jesse und Autumn waren vor einigen Minuten aufgebrochen und Peter war allein zurückgeblieben.

»Dann hat Jane den blonden Jungen erwischt?«, fragte eine Frauenstimme, die er Savannah zuordnete.

»Er wollte gerade die Polizei rufen.« Das war ein Mann.

»Und was wollt ihr jetzt mit ihm und seinem Freund machen?«

»Das braucht dich nicht zu kümmern!«

»Ich kann das nicht mehr!«

»Reiß dich bitte zusammen, Sav!«

»Du hast Tanika und mir nicht die ganze Wahrheit gesagt, oder? Dennis, bitte lüg mich nicht an. Das sind doch keine Flüchtlinge, oder?«

»Still, Sav! Ich habe jetzt keine Zeit. Hol Tanika aus dem Laden und kümmere dich um das Abendessen!«

»Es ist schon fertig …«

»Hoffentlich nicht wieder so ein Gemüsekram!«, schimpfte der Mann. »Die Leute wollen richtiges Essen! Immerhin arbeiten sie hart für euch.«

»Ich will wissen, wer diese Leute sind!«

»Geh jetzt!«, kam es scharf von Dennis. »Ich muss mich um ein Schloss und eine Kette kümmern. Nicht, dass die Jungs ein zweites Mal abhauen.«

Peter drehte sich um und spähte über die Mauer. Aus dem »Haus der Mitternacht« kamen Savannah Frost und ein Mann, der anscheinend ihr Bruder Dennis war. Die rothaarige Frau verschwand im Laden, während der Mann zu dem Schuppen ging.
Der Zweite Detektiv dachte an all die Dinge, die er in den letzten Tagen erfahren hatte. Sein Kopf rauchte. Peter rieb sich die Stirn. Er durfte die Puzzleteile jetzt nicht falsch zusammensetzen. Er musste es richtig machen. Die Aufklärung dieses Falls lag allein in seinen Händen.

Justus und Bob saßen am Boden eines großen Weinkellers, der beinahe wohnlich eingerichtet war. In einer Ecke standen ein Fernseher und ein abgewetztes Sofa, außerdem gab es einen Couchtisch, auf dem drei Funkgeräte lagen, ein paar Getränkekisten und ein Radio. Gegenüber befanden sich eine kleine Küchenecke und eine Holztreppe, die zu einer Luke in der Decke führte. Neben der Tür, durch die sie gekommen waren, gab es zwei weitere Türen. Eine führte anscheinend in ein kleines Badezimmer. Das hatten die Jungen von ihrem Platz aus beobachten können. Justus vermutete, dass dieser Raum das Zentrum der ehemaligen Schwarzbrennerei gewesen war. In der Mitte des Kellers standen ein großer Tisch und mehrere Stühle. Dort saßen die zierliche Jane Thompson und ihre beiden Komplizen. Einer von ihnen war groß und breitschultrig, der andere schmal gebaut, mit langen, dünnen Armen. Die Männer hatten die beiden Detektive mit einem alten Tau gefesselt und ließen sie nicht aus den Augen.

»Was ist das hier?«, fragte Justus mutig. »Ein Aufenthaltsraum?«
»Noch eine Frage, und ich sorge dafür, dass du dauerhaft den Mund hältst!«, knurrte der große Mann, den Justus als Tyler Stone identifiziert hatte.
»Was machen wir mit den Jungen?«, wollte der Kleinere, vermutlich Sam Gardener, wissen. »Wir können sie doch nicht gehen lassen.«
Kurz darauf ging die Luke in der Decke auf. Tanika Frost stieg durch die Öffnung. Als sie auf dem oberen Absatz der Treppe stand, griff sie nach oben durch die Luke und hob eine große Flasche zu sich herunter. »Das Essen kommt gleich. Aber ich habe die Drinks schon fertig gemacht.« Die rothaarige Frau trug die Flasche die Treppe hinunter und stellte sie auf den Tisch. »Hoch dosierte Vitamin-D-Tropfen gegen den Lichtmangel, Obst und Kräuter zur Stärkung und Öl zum Lösen der Vitamine.«
»Ich brauche das nicht«, knurrte Tyler Stone.
»Sie leben in der Dunkelheit. Früher oder später werden Sie durch den Lichtmangel krank werden.« Tanika wandte sich zum Gehen. »Ich bringe dann gleich das Essen. Ach, ich soll Ihnen noch ausrichten, dass mein Bruder sich um die Jungen kümmern wird.« Tanika deutete auf Justus und Bob. »Er hat eine Idee, wie er die Kammer absichern kann. Bis dahin müssten Sie allerdings ein Auge auf die beiden haben.«
»Kein Problem. Ich sorge schon dafür, dass die keinen weiteren Fluchtversuch wagen!« Jane Thompson klopfte sich ans Bein. Dort war die Hose leicht ausgebeult. So, als wäre etwas darunter versteckt. Vielleicht eine kleine Pistole oder ein

Messer. Was auch immer es war, mit ihr war auf keinen Fall zu spaßen.
»Bis gleich.« Tanika Frost lächelte in die Runde und eilte dann wieder die Treppe hoch.
Justus und Bob blieb nichts anderes übrig, als auf dem kalten Boden auszuharren.
Tyler Stone trat zu ihnen. »Ich will nicht den Babysitter für gefährliche Zeugen spielen.«
Sam Gardener sah von seinem Drink auf. »Willst du sie etwa umbringen?« Er sprach seltsam undeutlich.
»Vielleicht. Was meinst du, Jane?«
Die Frau stellte ihr leeres Glas ab. »Ich gehe auf keinen Fall ins Gefängnis! Lieber harre ich noch ein oder zwei Monate in diesem Loch aus, bevor ich mich absetze!«
Justus spannte seine Muskeln an. Sein Körper war im Fluchtmodus, doch er konnte sich kaum bewegen. Sein Herz klopfte spürbar. Mit diesen Bankräubern war nicht zu scherzen. In Gedanken ging er alle Möglichkeiten durch. Konnte er ihnen einen Handel anbieten? Sie überrumpeln? Sich dumm stellen? Nichts schien zu passen.
»Ihr werdet unseren Plan nicht zerstören!« Jane Thompson kam nun auch auf sie zu. Etwas stimmte nicht. Justus bemerkte, dass sie leicht schwankte. Da ging erneut die Luke auf. Dieses Mal stieg Savannah zu ihnen herunter.
»Was ist?«, fragte Tyler Stone. Er war der Einzige, der noch normal schien. Seine Komplizen wirkten wie benommen.
»Ich würde dann jetzt das Essen bringen«, sagte Savannah nur und verschwand wieder.
Justus fragte sich verwundert, was hier gerade passierte, als

die Holztür vom Flur her aufgestoßen wurde. Zeitgleich ging die Luke erneut auf und eine schwarz gekleidete Person mit Helm ließ sich hinab.
Tyler Stone riss eine Waffe von seinem Gürtel, doch bevor er sie entsichert hatte, stürmten weitere schwarz gekleidete Menschen in den Keller. »Hände hoch, Polizei!«

Als Justus und Bob wenig später auf den Hof traten, war die Sonne bereits untergegangen. Peter kam ihnen mit einem strahlenden Lächeln entgegen, gefolgt von Inspektor Cotta und den Frost-Schwestern. Die Polizisten brachten unterdessen die torkelnden Verbrecher zu den Einsatzwagen.
»Die haben Sie ja hübsch außer Gefecht gesetzt«, sagte der Inspektor mit einer hochgezogenen Augenbraue zu den beiden Frauen.
Tanika lächelte zufrieden. »Alles rein pflanzliche Substanzen aus unserem ›Haus der Gesundheit‹. Übrigens auch alles legal! Nur die Mischung war etwas höher dosiert als üblich.«
»Mehr als leichte Kopfschmerzen wird das nicht geben«, sagte Savannah leise. »Also verklagen Sie uns bitte nicht wegen Körperverletzung.«
»Es war Notwehr!«, rief Peter. »Diese Verbrecher hätten Justus und Bob als Geiseln nehmen können oder es hätte eine Schießerei gegeben …«
»Schon gut«, meinte Cotta beschwichtigend.
»Wie gut, dass meine SMS noch rausgegangen ist!« Bob lächelte erleichtert und atmete die kühle Abendluft ein. Sie hatten es geschafft. Der Fall war gelöst. Auch, wenn es noch eine ganze Menge offener Fragen gab.

Das fand anscheinend auch Inspektor Cotta. »Darf ich jetzt einmal in Ruhe fragen, was hier genau passiert ist?«
»Es fing alles mit einer Mutprobe an, Sir«, meldete sich Peter zu Wort. In Kurzform berichtete er, was die drei ??? in den letzten Tagen herausgefunden hatten – bis zu der Stelle, an der sie sich getrennt hatten. »Justus und Bob waren hier draußen, um die Gewächshäuser zu inspizieren. Zunächst lief es gut, doch die beiden hatten ihre Rechnung ohne Autumn Everett gemacht.«
»Die Schwester eures Auftraggebers?«, fragte Cotta. »War das die Frau, die all diese absurden Gruselgeschichten erzählt hat?«
»Sie wollte uns abschrecken«, fuhr Peter fort. »Sie ist unglücklich in Dennis Frost verliebt und ist ihm ständig nachgelaufen. Als sie dabei herausfand, dass er auf Frostgrove Menschen versteckt, hat sie ihn erpresst. Er sollte mit ihr ein neues Leben anfangen. Dafür wollte sie ihm helfen. Das hat sie mir gestanden – und noch viel mehr.«
Bob schüttelte ungläubig den Kopf. »Und dann hat sie angefangen, als Blume durch die Gegend zu spuken?«
»Fast«, entgegnete Peter. »Erst lief alles glatt. Die Bankräuber schliefen tagsüber im Weinkeller und arbeiteten nachts im Gewächshaus. Dabei haben dann die Kinder der Everetts sie gesehen und gehört.«
»Aber sie trugen Anziehsachen in Tarnfarben!« Justus ging ein Licht auf. »Daher haben die Kinder sie zwischen den Pflanzen nicht gesehen und wahrscheinlich haben sie über Funkgeräte miteinander gesprochen. Das wiederum erklärt die seltsamen Geräusche.«

»Das denke ich auch«, stimmte Peter zu. »Zunächst machte sich Dennis Frost keine Sorgen. Niemand glaubte den Kindern. Doch dann lief einem der Versteckten der Hund davon. Ein weißer Husky-Wolfshund-Mischling namens Dämon. Savannah hatte Angst vor ihm, aber die anderen starteten eine Suchaktion. Zuerst wieder in Tarnsachen. Aber Autumn hatte eine bessere Idee. Sie war schon immer von dem Mythos rund um Frostgrove begeistert gewesen. Außerdem hatte sie gerade das Buch von Maisie Morland gelesen. Also rief sie die Pflanzenmenschen ins Leben. Es war die perfekte Tarnung für Nachteinsätze im Gelände.«

»Schlau«, gab Justus zu. »Außer Tarnung war es gleichzeitig auch noch Abschreckung, für den Fall, dass die Kinder der Everetts wieder einmal im Dunkeln unterwegs waren. Der Hund dachte nämlich nicht daran, sich so schnell finden und wieder in den dunklen Keller sperren zu lassen.«

»Und uns wollte Autumn auf die Art dann auch von den Gewächshäusern fernhalten«, bestätigte Peter. »Sie konnte ja nicht wissen, dass sie uns mit diesem ganzen Spuk erst recht neugierig gemacht hat.« Er zögerte. »Na ja, zumindest euch. Aber wenn ich nicht zurückgeblieben wäre, säßen wir wahrscheinlich noch immer da unten und würden verzweifelt nach einem Ausweg suchen.«

Der Erste Detektiv räusperte sich und machte eine Bewegung, die wohl Zustimmung andeuten sollte.

»Und was passierte dann?«, fragte Inspektor Cotta ungeduldig.

»Ich habe Autumn zur Rede gestellt«, erklärte Peter stolz. »Sie hat mir schließlich eine ganze Reihe Fragen beantwortet. Allerdings hielt sie die Leute im Keller für harmlose Flüchtlinge. Als Bob mir in einer SMS etwas von Bankräubern schrieb, musste ich handeln.«

»Als unser Bruder in den Schuppen ging, hat Peter ihn einfach eingeschlossen«, berichtete Tanika. »Dann ist er zu uns gekommen und hat uns um Hilfe gebeten.«

Der Zweite Detektiv war sichtlich zufrieden mit seiner Vorgehensweise. »Ich hatte bereits die Polizei gerufen und stellte die Damen vor vollendete Tatsachen. Den Rest kennen Sie ja, Inspektor.«

»Nicht ganz.« Cotta musterte Justus von unten bis oben. »Darf ich fragen, seit wann du bei deinen Ermittlungen einen Anzug trägst?«

»Das … nun ja … ich war –«

»Er hat uns so etwas wie einen kleinen Streich gespielt, Inspektor«, fiel ihm Tanika ins Wort. »Aber das ist nicht weiter schlimm. Wir tragen es dem Jungen nicht nach. Wichtig ist doch, dass die Bankräuber jetzt hinter Gitter kommen. Und wir werden natürlich dafür geradestehen, dass wir unserem Bruder mit den ›Flüchtlingen‹ geholfen haben.«

»Es wird für Sie definitiv noch Befragungen geben«, sagte Inspektor Cotta. »Aber jetzt bringe ich erst einmal die Jungen nach Hause. Justus und Bob sehen so aus, als bräuchten sie dringend ein Abendessen, ein Bad und dann ein Bett.«

Justus Jonas strich sich über den Bauch, der leise knurrte. »Genau in der Reihenfolge!«

Letzte Fragen und ein neuer Fall

Die Sonne stand niedrig am Himmel und vom Meer her wehte eine frische Brise. Die drei ??? hatten sich mit Jesse auf eine Rasenfläche der Rocky Beach Highschool gesetzt. Ihre Schultaschen lagen im Gras. Sie hatten noch etwas Zeit, bevor das Spiel gegen die Laguna Lions begann.
»Danke, dass ihr den Fall gelöst habt!«, sagte Jesse zufrieden. »Die Kleinen können jetzt wieder beruhigt schlafen.«
»Und deine Schwester?«, fragte Bob.
»Der geht es nicht so gut. Sie macht sich Vorwürfe, dass sie euch in Gefahr gebracht hat. Und sie ist noch immer verwirrt wegen Dennis Frost. Aber Mum und Dad haben endlich verstanden, dass Autumn nicht für immer als Aushilfe auf unserem Hof bleiben kann. Sie muss jetzt noch Sozialstunden ableisten. Im Frühjahr wird sie dann aber zu einer Tante nach Chicago ziehen und dort zum Community College gehen. Der Tapetenwechsel tut ihr bestimmt gut.«
»Sie sollte Geschichten schreiben!« Peter streckte sich auf dem Rasen aus und sah zu den Wolken hinauf, die langsam über den Himmel wanderten. »Sie hat echt Talent. Besonders gruselige Themen scheinen ihr zu liegen.«
»Sie hat dabei allerdings etwas zu dick aufgetragen«, fand Justus. »Außerdem ergab sich durch ihre Berichte eine Ungereimtheit. Hirsch und Rabe passten zu der Familiengeschichte der Frosts, aber ein Wolf oder ein Hund nicht.«
»Nein«, gab Jesse zu. »Aber den musste sie in ihre Erzählung einbauen, um Dämons Auftreten zu erklären.«

»Sie wollte uns einen gewöhnlichen Hund als verwandelte Hexe verkaufen!« Bob lachte. »Zusätzlich zu Pflanzenmenschen, Menschenraben und Hirschfrauen.«
Jesse lachte ebenfalls. »Dad hat das Tier gestern erwischt. Es ist abgemagert, aber gesund. Da sein Herrchen ins Gefängnis geht, werden die Behörden entscheiden, was mit dem guten alten Dämon passiert. Vermutlich darf er bei uns bleiben. Die Kleinen haben ihn bereits ins Herz geschlossen.«
»Wenn der Hund wüsste, was durch ihn alles passiert ist!« Peter setzte sich langsam auf. »Wenn er nicht weggelaufen wäre, hätten die Bankräuber nie ihr sicheres Versteck verlassen, Autumn hätte keine Gruselgeschichten erzählt und es hätte nie Pflanzenmenschen auf Frostgrove gegeben.«
»Nur spukende Pflanzen im ›Haus der Mitternacht‹«, sagte Bob grinsend. »Vergiss nicht, dass Jesses Geschwister die Nachtarbeit der Bankräuber beobachtet haben.«
»Ist jetzt eigentlich bekannt, wie Dennis Frost dazu kam, Verbrecher zu verstecken?«, wandte sich Jesse an Justus.
Der nickte. »Frost hat nicht nur in Schulen und Altenheimen Musikstunden gegeben, sondern auch im Gefängnis. Dort konnte er eine ganze Reihe von Kontakten knüpfen. Als seine Tante noch lebte, hat er in den Kellern unter dem Gewächshaus gegen Geld Diebesgut eingelagert. Im großen Stil konnte er die geheimen Räume jedoch nicht nutzen, da seine Tante und deren Verwalter ein Auge auf ihn hatten. Erst als er mit seinen Schwestern das Gelände erbte und der Verwalter in Rente ging, hatte er freie Hand. Die Mithilfe seiner Schwestern sicherte er sich mit mitleiderregenden Appellen an ihre soziale Verantwortung.«

»Die beiden Frauen glaubten ihm die Story mit den Flüchtlingen zunächst auch«, berichtete Bob. »Und sie bekamen Unterstützung mit den Gewächshäusern. Allein hätten sie die Arbeit niemals geschafft.«
»Dennis Frost versteckte die Bankräuber, während ein Bekannter von ihm gefälschte Papiere besorgte«, ergänzte Justus. »Die Verbrecher sollten neue Identitäten bekommen. Mit geänderter Haarfarbe und Frisur wären sie dann nach Mexiko ausgereist und von dort nach Europa geflohen, wo ihre Beute auf einem Nummernkonto lag.«
»Und Dennis Frost wäre für seine Dienste gut bezahlt worden – mit einem Anteil der Beute.«
»Da haben sie ihre Rechnung aber ohne die drei ??? gemacht.« Jesse war sichtlich zufrieden. »Bleibt nur noch die Sache mit den Morlands. Werdet ihr da weiterermitteln?«
»Das ist gar nicht nötig«, erklärte Peter. »Wir konnten bereits in Ruhe mit Maisie Morland sprechen.«
»Sie ist vor einigen Wochen tatsächlich Hals über Kopf davongelaufen. Ihr Mann ist ziemlich aufbrausend und es gab ständig Streit. Schließlich hat sie ihn verlassen. Er hat ihr daraufhin wütende Mails geschrieben und gedroht, ihre Sachen, die sie zurückgelassen hatte, zu vernichten. Aber sie hat ihn ignoriert.«
»Da Maisie mit Savannah Frost befreundet ist, ritt er immer wieder zur Gärtnerei und setzte die Schwestern unter Druck. Er wollte unbedingt wissen, wo seine Frau ist.«
»In unserem Fall war er unschuldig«, meinte Peter, »aber er ist ein unberechenbarer Mensch und nicht gerade harmlos. Ich habe mich also nicht in ihm getäuscht.«

Jesse staunte. »Und unter dem Erdhaufen im Garten hat er die Sachen seiner Frau verbuddelt? Was für eine Idee!?«

»Schmuck, ein paar Fotoalben und ihre Lieblingsreitgerte.« Peter rupfte einen Grashalm aus und drehte ihn zwischen den Fingern. »Mrs Morland hat die Sachen inzwischen wieder ausgegraben. Und sie hat mit ihrem Mann gesprochen. Eine mutige Entscheidung, aber sie wollte nicht für immer davonlaufen.«

»Mrs Morland wird nächsten Monat sogar eine Lesung in der Bücherei von Rocky Beach halten«, fügte Bob hinzu. »Und wir sind eingeladen.«

»Dann ist ja wirklich alles in Butter«, freute sich Jesse.

»Und wir haben bereits einen neuen Fall.« Peter grinste. »Justus ist bei seinen Ermittlungen fast von einem Porsche angefahren worden. Und der wurde anscheinend von einer alten Dame gestohlen. Wir sind ihr auf der Spur.«

Jesse lachte. »Die findet ihr bestimmt!«

Justus sah auf die Uhr. »Aber jetzt wollen wir uns doch erst einmal euer Spiel gegen die Laguna Lions anschauen!«

Peter sprang auf. »Jesse! Wir müssen uns beeilen. Das Aufwärmen beginnt in zehn Minuten!« Er schnappte seine Sporttasche und sprintete dann Seite an Seite mit Jesse los.

Seine Freunde sahen ihnen grinsend nach. Wenn es darauf ankam, war Peter Shaw ein ausgezeichneter und mutiger Detektiv. Aber nirgendwo fühlte er sich so wohl wie auf dem Sportplatz. Keine Frage, dass der Zweite Detektiv großartig spielen würde. Und Justus und Bob würden ihn dabei anfeuern.

Die drei ???® ... ihre großen Fälle!

- ☐ Der finstere Rivale
- ☐ Das düstere Vermächtnis
- ☐ und der Geisterzug
- ☐ Fußballfieber
- ☐ Geister-Canyon
- ☐ Schatten über Hollywood
- ☐ Schwarze Madonna
- ☐ Fluch des Drachen
- ☐ Spuk im Netz
- ☐ Haus des Schreckens
- ☐ Fels der Dämonen
- ☐ Der tote Mönch
- ☐ und das versunkene Dorf
- ☐ Das Geheimnis der Diva
- ☐ und die Fußball-Falle
- ☐ Tödliches Eis
- ☐ Grusel auf Campbell Castle
- ☐ Der namenlose Gegner
- ☐ Skateboardfieber
- ☐ Im Netz des Drachen
- ☐ Im Zeichen der Schlangen
- ☐ Die blutenden Bilder
- ☐ und der schreiende Nebel
- ☐ Sinfonie der Angst
- ☐ und die schwarze Katze
- ☐ und der verschollene Pilot
- ☐ Im Schatten des Giganten
- ☐ Fußball-Teufel
- ☐ und das blaue Biest
- ☐ und die brennende Stadt
- ☐ GPS-Gangster
- ☐ Das Rätsel der Sieben
  7 Kurzgeschichten
- ☐ Straße des Grauens
- ☐ Die Spur des Spielers
- ☐ und das Phantom aus dem Meer
- ☐ Tuch der Toten
- ☐ Eisenmann
- ☐ Dämon der Rache
- ☐ Sinfonie der Angst
- ☐ und der gestohlene Sieg
- ☐ Die Rache des Untoten
- ☐ Der Geist des Goldgräbers
- ☐ Der gefiederte Schrecken
- ☐ und der Zeitgeist
  6 Kurzgeschichten
- ☐ und die flüsternden Puppen
- ☐ Das Kabinett des Zauberers
- ☐ Im Haus des Henkers
- ☐ Geisterbucht
  Trilogie
- ☐ Schattenwelt
  Trilogie

kosmos.de/die_drei_fragezeichen

Hey, schon gehört?
Die drei ???
und der verschollene Pilot
163
???
nde Nebel
???
Bilder
Alles über die Hörspielserie
und mehr gibt's hier
www.dreifragezeichen.de
Community,
Gewinnspiele,
Shop u.v.m.
EUROPA